古典詩歌研究彙刊

第五輯

龔鵬程 主編

第 15 冊

元詩之社會性與藝術性研究（下）

蕭麗華 著

國家圖書館出版品預行編目資料

元詩之社會性與藝術性研究（下）／蕭麗華 著 —— 初版 —— 台
北縣永和市：花木蘭文化出版社，2009〔民98〕

目 4+154 面；17×24 公分
（古典詩歌研究彙刊 第五輯；第 15 冊）

ISBN 978-986-6528-64-4（精裝）
1. 中國詩 2. 詩評 3. 元代

820.91057 98000886

ISBN - 978-986-6528-64-4

古典詩歌研究彙刊
第五輯 第十五冊 ISBN：978-986-6528-64-4

元詩之社會性與藝術性研究（下）

作 者 蕭麗華
主 編 龔鵬程
總 編 輯 杜潔祥
出 版 花木蘭文化出版社
發 行 所 花木蘭文化出版社
發 行 人 高小娟
聯絡地址 台北縣永和市中正路五九五號七樓之三
電話：02-2923-1455／傳真：02-2923-1452
網 址 http://www.huamulan.tw 信箱 sut81518@ms59.hinet.net
印 刷 普羅文化出版廣告事業
初 版 2009 年 3 月
定 價 第五輯 20 冊（精裝）新台幣 28,000 元

元詩之社會性與藝術性研究（下）

蕭麗華 著

目

次

下編　元詩之藝術性

第一章 言志傳統之承繼

　　品賞歷代詩歌的藝術性，不能不回到詩歌本質之言志、格調、神韻等基本「美學性格」〔註1〕上，藉著這些美學特徵，才能使詩歌的藝術性在比對權衡中透顯出來。

　　言志為詩歌最根本的特質，然而也是最能看出詩歌情志與韻味的基礎觀察點，這是一切詩歌意韻與美感的中心，透過這個中心的觀察，詩之美惡、雅俗、高下才能有個粗略的梗概。然而「言志」一詞的意蘊歷經各時代文化思潮之更迭，已模稜紊亂，為了尋求貼合詩歌本質的「言志」意蘊，我們在檢視元詩之前，必先以專節討論「言志」的內涵，才能藉為主軸，一窺元詩的基本風貌。清潘德輿《養一齋詩話》卷一云：「『言志』『無邪』之旨立，而詩之美惡不得遁矣。」〔註2〕這正是本章的大旨。

〔註1〕詩歌的基本美學性格不離這三個範疇，頂多再加入「格律」一項，然而格律之於「格調」又極為類似，只是格律詩限於律體，而「格調」則通言詩歌語言組織所透顯的韻味，不止於律體。這四大類形的探討是詩歌本質上全面性的問題，柯慶明《中國古典詩的美學性格》一文有深入的分析，本文套取他的「美學性格」一詞。見《中國美學論集》一書，頁187。

〔註2〕見《清詩話續編》頁2006，木鐸出版社1983年版。

第一節　言志與言情之辨

　　中國詩歌的本質其實與人的內心情意有緊密的關係，然而由於文字底蘊的差距，歷來批評家詮解分歧，遂使「詩言志」與「詩緣情」二說對立存在，儼然成爲詩學兩大主流。本節將依文獻資料的年代，推演「情」「志」二者在歷代之分合，以透顯中國詩歌的基本精神其實是言情言志合一的。中國詩的產生與西方亞里士多德（Aristotle）的「模仿說」〔註3〕略有不同，而是感物發言所傳達的「志」，因此「詩」字的原始意義等同於「志」〔註4〕然而「志」字之意解有三，據聞一多〈歌與詩〉一文之歸納，「志」之本意一爲記憶，二爲記錄，三爲懷抱，聞氏進一步證明到了「詩言志」和「詩以言志」時，「志」的意義已指「懷抱」。〔註5〕問題是「懷抱」究竟指的是心中情意或淑世心志，這正是歷來爭辨不已的內容。從文獻資料來看，「詩言志」一語最早出現在先秦時代，《尚書·堯典》云：

　　　　詩言志，歌永言，聲依永，律和聲，八音克諧，無相奪倫，
　　　　神人以和。

〔註3〕亞里斯多德在《詩學》（poetics）一書中指出詩的產生基於兩個因素，一爲模擬，其次爲諧音與韻律的語言改良。見姚一葦譯《亞里斯多德及其詩學》第四章「論詩之起及其發展」，中華書局版。模仿指模仿自然。由此可見中西詩歌本質的不同在體現自然與轉化合道之間，中國詩歌不求自然之原樣體現，而求轉化合道，此即「志」之所在。套用劉若愚《中國文學理論》的說法，即「形上理論」與「模仿理論和表現理論」之不同。

〔註4〕最早指出「詩」「志」爲一字者是楊樹達「釋詩」，見《積微居金石小學論叢》頁 25，近世陳世驤〈中國詩字之原始觀念試論〉一文也從甲骨金文、詩經、說文等記載加以檢核，考定「詩」同「志」字一樣，字源於「㞢」，有「之」「止」之相同意蘊，進一步以說文解字：「詩，志也」肯定「詩」與「志」根本是同一個字。見《陳世驤文存》頁 56，志文出版社 1975 年二版。

〔註5〕聞一多此文見《神話與詩》頁 181。這個論題關涉「詩言志」的本義，一直到近年仍有人主張「詩言志」的本義在「記憶」、「記錄」的層次，而非聞一多所云「懷抱」的意義。見吳琦幸《詩言志——一個曲解的儒學範疇》一文，孔孟月刊二九卷一期。

《左傳・襄公二十七年》云：

> 文子告叔向曰：「伯有將爲戮矣。詩以言志。志誣其上而公怨之。」

《荀子・儒效》云：

> 聖人也者，道之管也，天下之道管是矣，百王之道一是矣。故《詩》、《書》、《禮》、《樂》之歸是矣。《詩》言是，其志也。《書》言是，其事也。《禮》言是，其行也。《春秋》言是，其微也。

這三段文字分別提到「詩言志」，但《尚書》一段文字未透露「志」的內涵，到了漢代鄭玄才注以「詩所以言人之志意也」，也未明指那一類的志意。《左傳》一段文字按朱自清的解釋，其「志」是「諸侯之志，一國之志」，〔註6〕顯然「志」字不再是泛稱之「志意」。《荀子》文中則明指「志」乃「聖人之道、天下之道、百王之道」。由此可見，先秦時代「詩言志」固然泛指人之志意，但已明顯有了儒家政治教化之道的傾向。〔註7〕

　　然而以上三則資料畢竟只是環繞《詩經》一書的相關活動，包括「賦詩」「教詩」等不同狀況，如果純以文學產生的角度來看，〈離騷〉〈九章〉〈九歌〉顯然提供了「情」「志」結合的基礎。《楚辭・悲回風》云：

> 介眇志之所惑兮，竊賦詩之所明。

莊忌〈哀時命篇〉云：

〔註6〕 朱自清《詩言志辨》一書頁20。朱氏此文專以詩經之「言志」爲論，分別從「獻詩陳志」「賦詩言志」「教詩明志」「作詩言志」四個角度加以觀察，結論出「志」「情」「意」同義，就是聞一多所云「懷抱」。

〔註7〕 近人曾祖蔭《中國古代美學範疇》一書頁9中直接指出當時之「志」與政治教化分不開，他說：「從《左傳》所記載的『詩以言志』的情況來看，它的基本含義是：對賦詩者來說，是『稱詩以諭其志』。對聽詩者來說，是『觀志』，這種『志』，都與政治、教化分不開，在這種情況下，『詩言志』并不反映人們對文學欣賞或文學創作的認識。」曾氏的說法雖然略嫌武斷，但也顯出儒家「言志」觀的政治教化傾向。曾書見華中理工大學出版社1986年版。

> 志憾恨而不逞兮，抒中情而屬詩。

《禮紀‧樂記》中也提到：

> 詩，言其志也……凡音者，生人心者也。情動於中，故形
> 於聲，聲成文謂之音。……人心之物，物使之然也。

從這幾個資料來看，先秦「情」「志」之意蘊並未如後代分離爲二的現象，只是「詩言志」在詩經外交、教化等活動的範限下有較多政治、道德的色彩。〔註8〕

漢代學者承此情志不分的狀態而下，更明顯地以儒家教化爲重，爲儒家言志詩觀作了總結。〈詩大序〉云：

> 詩者，志之所之也。在心爲志，發言爲詩。情動於中而形
> 於言；言之不足，故嗟嘆之；嗟嘆之不足，故永歌之；永
> 歌之不足，不知手之舞之，足之蹈之也。情發於聲，聲成
> 文謂之音。……故正得失，動天地，感鬼神，莫近於詩。
> 先王以是經夫婦，成孝敬，厚人倫，美教化，移風俗。

這段話從《尚書‧堯典》脫胎而來，文中既說「在心爲志，發言爲詩」「情動於中而形於言」，似乎詩以吟詠性情爲本質，然而文末又提到「正得失，動天地」「經夫婦」「厚人倫」，可見大序雖承認詩緣情的本質而以情志合言，但仍歸旨於人倫教化。另外陸賈《新語‧愼微篇》亦云：

> 故隱之則爲道，布之則爲詩，在心爲志，出口爲辭。

賈誼《新書‧道德說》云：

> 詩者志德之理而明其指，令人緣以自成也，故曰：詩志
> 此之志者也。

這裡陸賈將「道」與「詩」作了直接的結合，賈誼明指「志德之理」。都是等同〈書大序〉的人倫教化說。因此我們可以肯定「詩言志」之

〔註8〕朱自清《詩言志辨》中曾就先秦獻詩、賦詩見於詩經者十一，見於左傳、國語、晏子春秋者各若干，考察當時環繞《詩經》的活動下，詩之「志」多與「禮」分不開，也就是與政治教化分不開。（見頁8），但朱氏仍認爲《詩經》裡有一半是「緣情」之作，只是那個時代沒有「詩緣情」的自覺。（見頁16）

義在漢代雖有吟詠情性的內涵，但已直接等同於社會寫實之諷喻，人倫教化之理想。

　　然而漢代文士以辭賦言志的同時，卻常常在「風化」的主題下透露詠吟情性，自述幽志的緣情特質，如馮衍〈顯志賦〉云：「作賦自屬」，班固〈幽通賦〉云：「致命遂志」，張衡〈思玄賦〉云：「宣寄情志」等等，其名爲「志」，實賦一己之窮通。東漢五言詩中，班固之〈詠史〉，酈炎及仲長統之〈見志詩〉等，也以通塞感慨，自述懷抱，可見在「言志」的政教得失之餘，文士創作仍脫離不了「緣情」的事實。〔註9〕

　　漢代的「言志」說，使「志」的意蘊趨於狹意的儒家教化，到了六朝一片文學自覺的風潮下，不得不以「緣情」與之對舉，來凸顯詩單純以抒情述懷爲內涵的旨意。陸機〈文賦〉云：

　　　　詩緣情而綺靡，賦體物而瀏亮。

陸機首度揭櫫「詩緣情」一詞。然而陸機〈文賦〉同時也指出「佇中區以玄覽，頤情志於典墳」、「及其六情底滯，志往神留」的創作狀態，可見陸機心中，情志一也。沈約《宋書·謝靈運傳》云：

　　　　民稟天地之靈，含五常之德。剛柔迭用，喜慍分情。夫志
　　　　動於中，則歌詠外發；六義所因，四始攸繫；升降謳謠，
　　　　紛披風什。

這段話也以「喜慍分情」爲風什之作的根本，但情志合用的現象則明顯分佈於全文。《文心雕龍·明詩篇》則云：

　　　　大舜云：詩言志，歌詠言。聖謨所析，義已明矣。是以在
　　　　心爲志，發言爲詩。

又云：

　　　　詩者，持也，持人情性。三百之蔽，義歸無邪，持之爲訓，
　　　　有符焉爾。

劉勰的文學觀以「載道」爲主，因此「聖謨所析」是其「志」的內涵，

〔註9〕以上內涵見朱自清《詩言志辨》頁35。

但「持人情性」一說又不離情志合一的觀點，由此可見六朝的文學觀中，詩歌以言情志爲主，但爲了不流於詩教之迂曲，寧以「緣情」來取代「言志」，其實情志仍爲一體。我們如勉強細分，只能說「情」爲感物之心動，「志」爲心動之止棲，就志字本含有「之」「止」二義﹝註10﹞的事實來看，情之活動屬「之」的範圍，志之活動則爲「之」「止」之範圍。換言之，志之形成過程中，情已包含其中。用廖蔚卿先生的話來說即：「情志可以分別爲二：即屬於喜怒哀樂愛惡的感情情緒，與乎依伴感情而生的思想意緒。」﹝註11﹞而「思想意緒」實由「感情情緒」凝結而成，這就是六朝情志一體的底蘊。

陸機「詩緣情」一說雖兼情志而言，然而文士長久用力於體物緣情，巧構形似，放蕩情感的結果，往往成志弱意淺的文風，因此梁裴子野〈雕蟲論〉提出恢復言志傳統的看法云：

> 古者「四始」「六義」，總而爲詩。既形四方之氣，且彰君子之志：勸美懲惡，王化焉。……宋初迄於元嘉（文帝），多爲經史。大明（孝武帝）之代，實好斯文。自是閭閻年少，貴游總角，罔不擯落六藝，吟詠情性。學者以「博依」爲急務，謂章句爲專魯，淫文破典，斐爾爲功。無被於管絃，非止乎禮義。深心主卉木，遠志極風雲。其興浮，其志弱，巧而不要，隱而不深。﹝註12﹞

﹝註10﹞見前引陳世驤〈中國詩字之原始觀念試論〉一文，陳氏之前楊樹達《積微居金石小學論叢》「釋詩」，聞一多〈歌與詩〉二文都曾論及。

﹝註11﹞見廖蔚卿《六朝文論》第二章，頁15。聯經1978年。版情志之辨除此之外，鄭毓瑜〈詩歌創作過程的兩種模式〉一文也有同樣旳看法。鄭氏分創作過程爲：「物→感受→察識→反省→解決→作品」的路徑，而前四者爲「情之活動」，「解決」的部份則爲「志之活動，因而鄭氏結論「志是一種有定向的心動，也就是情之再擇取。」「『詩言志』就廣義來說，應可涵蓋『詩緣情』加上『詩言志』的整個創作過程。」見《中外文學》十一卷九期。此外，日人林田愼之助〈漢魏六朝文學理論中的情與志〉一文也指出：「感於物而興起的喜怒哀樂等是情，同這種情的某種目的相應的意識性活動叫志」見《古代文學理論研究》頁17，上海古籍1988年版。

﹝註12﹞以上引文分見郭紹虞《歷代文論選》上冊頁136、171、284。木鐸出

由此可見，詩既是「吟詠情性」之作，卻必須「止乎禮義」使發乎「情」的情緒能諧於「志」之意緒，而歸於溫柔敦厚的本旨。

漢學者「言志」說使詩流於政治諷頌的狹小格局中，陸機「緣情」說又使詩流於淫逸浮淺的巧艷狀態，清紀昀在〈雲林詩鈔序〉云：「志發乎情而不必止乎禮義，自陸平原緣情一語引入」，〔註13〕沈德《說詩晬語》云：「先失詩人之旨」，〔註14〕都是針對「情」之淫漫而言。雖然這不是陸機原意，但「緣情」畢竟也非詩之本質，惟有恢復漢以前情志合一而以志的主導的解釋才是詩歌美感及意蘊的綜合表現，這也就是劉若愚「原始主義詩觀」的「詩言志」內涵，〔註15〕亦即鄭毓瑜「詩言志廣義的解釋」。〔註16〕

從漢代狹義的言志觀到六朝廣泛的緣情說的兩極中，我們已看出「詩言志」傳統的綜合意蘊，隋唐以後，雖然對這兩極屢有爭辯，但不出此折衷狀態，唐孔穎達《毛詩正義》解釋〈詩大序〉云：

版社 1982 年版。

〔註13〕 見紀昀《紀文達公遺集》卷九。

〔註14〕 見丁福保《清詩話》頁 521，木鐸出版社 1988 年版。

〔註15〕 劉若愚《中國文學理論》用「表現理論」來說明詩「是普通的人類情感的自然表現」，在這種原始主義（primitivism）詩觀下，「詩言志」的字意是：「詩以言語表達心願／心意」（poetry verbalizes heart's-wish/mind's-intent）或（expresses in words the intent of the heart （or mind））。見聯經 1981 年版，頁 138。

〔註16〕 見註 11 引文論中，鄭氏的結論，「詩言志」廣義的內涵應包括「詩緣情」加上「詩言志」。類似的看法也見於陳昌明《六朝緣情觀念研究》一文頁 74，陳昌明說：「六朝以後『情志一也』的看法，是漢代『言志』說與六朝『緣情』說融合之後的觀念，這個『志』是：志＝志＋情。」台大中研 1987 年碩士論文。此外近代學者如柯慶明、蔡源煌、蔡英俊都持此折衷說。柯慶明在《中國古典詩的美學性格》一文中提出「志」的三層次內涵，收於《中國美學論集》一書頁 197；蔡源煌〈從「詩言志」談起——試探一種折衷的《詩論》〉一文主張「詩言志是從主觀、內在出發的，但是如果詩人內心能含富道德意識，諒也不致蕩檢逾閑的」，見《幼獅月刊》四七卷五期；蔡英俊〈傳統詩學「詩言志」的精神〉也認為言志的文學「既是自人性中湧現，必然有其道德作用，卻不必以道德目的去拘束它」，見《鵝湖》一卷十期。

詩者，人志意之所以適也。雖有所適，猶未發口，蘊藏在心，謂之爲「志」。發見於言，乃名爲「詩」。言作詩者，所以舒心志憤懣，而卒成於歌詠。故〈虞書〉謂之「詩言志」也。包管萬慮，其名曰「心」；感物而動，乃呼爲「志」。志之所適，萬物感焉。言悦豫之志，則和樂興而頌聲作，憂愁之志，則哀傷起而怨刺生。

宋邵雍以一道學家也認爲：

何故謂之詩？詩者言其志。既用言成章，遂道心中事。不止煉其辭，抑亦煉其意。(《伊川擊壤集》卷十一〈論詩吟〉)

這裡所謂的「舒心志憤懣」「悦豫之志」「憂愁之志」，及「道心中事」，其實都可以說是含混情志的話。明清兩代詩話中這中含混情志的話也極多，譬如明徐禎卿《談藝錄》卷三云：「夫情能動物，故詩足以感人。……故詩者，風也。」謝榛《四溟詩話》卷三云：「作詩本乎情」，卷一又強調「志貴高遠」，〔註17〕清朱庭珍《筱園詩話》卷四云：「詩所以言志，又道性情之具也。」〔註18〕趙執信「詩之爲道也，非徒以風流相尚而已，記曰：溫柔敦厚，詩教也。」〔註19〕凡此，都可以看出情志統合的論調。即以最不涉狹義言志觀的清代性靈派代表袁枚來說，〈再答李少鶴書〉也已見「詩言志」的多層內涵：

來札所講「詩言志」三字，歷舉李、杜、放翁之志，是矣，然亦不可太拘。詩人有終身之志，有一日之志，有詩外之志，有事外之志，有偶然興到，流連光景，即事成詩之志；「志」字不可看殺也。謝傅遊山，韓熙載之縱伎，此豈其本志哉？(《小倉山房尺牘》卷十)

袁枚所謂「終身之志」「一日之志」，顯然綜合情性懷抱，其謝傅遊山、韓熙載縱伎之說，無非是爲「志」的範疇開闢出「情」的內涵而已。

綜上所論，我們可以得到一個結果：詩以「言志」爲本質，而志

〔註17〕以上引文見臺靜農《百種詩話類篇》頁 1381、1385、1387。藝文印書館 1974 年版。

〔註18〕見郭紹虞《清詩話續編》頁 2404，木鐸 1983 年版。

〔註19〕見丁福保《清詩話》頁 307，木鐸 1981 年版。

的內涵實包涵情感與意志，既涉個人情性生命，也關乎人格修養，甚至及於政治社會倫理道德及宇宙自然的全幅關照。

第二節　元詩中的情志世界

　　透過上節的分析，我們可以了解「言志」的內涵包括情感與意志，是個我生命的抒發，也是群體生命的關照，是現實人事的體會，也是宇宙冥思的心得。以這個範疇來看元詩，則上篇之言「詩史精神」及「隱逸思想」正是元詩中的兩大內涵，一入世；一出世。一以濟世爲念，憂虞民生疾苦，文化道統；一爲出世企想，寄託仙境，逍遙絕塵。這樣截然反向的內涵大量充斥於元人的作品中，除了少數儒志貞定如郝經者，或甘作俘臣以濟時厄，如耶律楚材者，絕大部份的元代詩人，心中都存在仕與隱的二元情志，這樣一種集體性的表現，很適用於《文學社會學》的觀察，因此，本節將藉高德曼所謂「世界觀」〔註20〕來解析元人的情志。當然如果按照傳統的情志分類很可能要將此節分爲「儒家濟世之思」、「斯文典型的維護」、「逍遙物外的思想」等等，或者以贈酬懷友、感慨時局、避世思想等等來條分，但這種分類過於繁瑣，且不能看出元詩的特色，因此我們採「世界觀」的解析法，以求簡單看出元人情志的大幅輪廓，至於個別性的特殊情志不在此列中。

　　以「世界觀」的角度來解析必先述及矛盾對應的二元意涵，這些我們在緒論中都已交代。高德曼在其《文學辯證社會學》中認爲：「文學是作家的『世界觀』的表達，是對現實整體的一個既嚴密連貫而又統一的觀點」〔註21〕這就是說，人類行爲的走向常常是某一觀念的顯現，文學作品的語文內涵也常常出現作家本身的宇宙人世概念，這種即高德曼所謂的世界觀（Vision of Cosmos）然而解析世界觀須透過二元的「意涵結構」（mental structure）來考慮，譬如仕與隱、今與昔、

〔註20〕有關高德曼的「世界觀」說，詳見緒論「研究方法」的解析中。
〔註21〕參看何金蘭《文學社會學》頁151。

幽境與塵俗，天上與人間，現實與出離現實等等二元對立的矛盾，才能看出作家解除矛盾的平衡點何在。換言之，即作者在兩極的二元意涵中尋求落足點，這個落足點即是對他的矛盾所做的「具有意義的解答」，這個解答即作者的世界觀。因而，本節解析元人的情志應從元人情志中的二元意涵及元詩中的世界觀來看。

一、元人情志的二元意涵

人行於世最感困難的是現實與理想的二元對立，這時隨現實或從理想常常是文人心中最大的考驗。元代是一個干戈日起，乾坤蒼夷，禮崩樂壞，傳統不存的時代，然在興亡交替之間，許多文人心中都起了現實與理想的矛盾，有的人尊道，大的人行道，有的人歌哭現實的無奈，有的人強自解憂，避情山林，簡而言之是仕與隱新與舊的二元選擇，在行動的人生（現象界）中，他們不得不做或仕或隱的任一選擇，但在靜思的人生（本體）中，他們卻常做二元情志並存的表現。仕者，一邊為文化道統憂心，為民生疾苦哀號，一邊卻常做出世之想；隱者，身在山林以冥合自然，逍遙適性為志，一邊又難掩天下紛亂，無力迴天的痛苦，這就是元人情志中的二元世界，而且不論仕者或隱者，如此的二元心境時時並存，這種二元世界相互激盪的矛盾，在詩歌中便形成高度的意識擴張，同時也形成耐人尋味的美感特質，我們從中可以看出元人情志世界的全幅範疇。

元人這二元情志的兩極可以耶律楚材、郝經等為入世思想的極點，倪瓚、張雨等為出世思想的極點，其餘諸人都是這兩極中游移的各種情志。耶律楚材《和杼剌子春見寄五首之二》云：

> 生遇干戈我不辰，十年甘分作俘臣。施仁發政非無據，論道經邦自有人。
> 聖世規模能法古，汙俗習染得維新，英雄已入吾王彀，從此無人更問津。（《湛然居士文集》卷八）

從這首詩中我們很清楚知道耶律文正公一生的抉擇，他自云「甘分作

俘臣」，心志的方向已堅定，從此一生施仁論道，發政經邦，完全是濟世的思想與作爲。萬松野老行秀序湛然居士文集云：

> 湛然居士年二十有七，受顯訣于萬松，盡棄宿學，冒寒暑無晝夜者三年，以至扈從西征六萬餘里，歷堅險，困行役，而志不少沮。跨崑崙，瞰翰海，而志不加大。客問其故，曰：「汪洋法海，涵養之力也。」〔註22〕

從行秀所謂「志不少沮」，「志不加大」，我們可以知耶律楚材心志之貞定。耶律公是儒釋雜糅的元初知識分子。在他的宇宙概念中不免有超現實的認知，如「世上元無眞是非」〈和移剌繼先韻〉「禪心不與世情違」〈外定李浩和景賢霏字韻，予再和呈景賢〉等等，然而他的作品中不太顯現二元的矛盾，絕大部分是肯定濟世的心跡，如〈和移剌繼先韻〉云：

> 舊山盟約已愆期，一夢十年盡覺非。瀚海路難人去少，天山雪重雁飛稀。漸驚白髮寧辭老，未濟蒼生曷敢歸。去國遲遲情幾許，倚樓空望白雲飛。

〈外道李浩和景賢霏字韻，予再和呈景賢〉云：

> 塵緣劃斷已忘機，布鼓徒敲和者稀。中隱強陪人事過，禪心不與世情違。昔年勳業眞堪笑，舊日家山懶欲歸。我愛北天眞境界，乾坤一色雪花霏。

此二詩確曾有歸舊山，斷塵緣的意識，但並非他的情志，他的情志在「未濟蒼生曷敢歸」「禪心不與世情違」，可見留在塵世濟渡眾生才是耶律公的心願。

郝經的情志是純儒家的，〈原古上元學士〉云：

> 嗚呼世道喪，欲語寒淚迸。何時倒銀漢，與世開暝艗。
> 昂頭冠三山，俯瞰旭日晟。陸海闢文源，生民共涵詠。

他於客中反覆呈現出世道的憂念，周孔的紹繼，想要爲陸海之間開闢文源，這正是郝經心志之所繫這一類的作品在郝經集中極多，特別是感興、寓興之作，其〈寓興〉詩一組多達三十五首，章章是儒志：

〔註22〕見《元詩選》初集，顧嗣立爲《湛然居士集》所作之敍錄。

　　○君子惟乾乾，惕夕懼以籍，勿謂吾道亡，中有不亡者。(之
　　二)
　　○吾道本吾心，心在道即全，但使心不昧，吾道長昭然。(之
　　三十五)

郝經的心跡也極貞定專一，儒志乾乾，惕夕以勉，他清楚地知道當時
士人心中的矛盾云：「伊尹五就湯，嚴陵不臣漢」、「濟時與全節，亦
各適所願」(〈寓興〉)，但他仍專一守道，「吾道即吾心」，只要他心在
的一天，道即得全，這樣無悔的堅持，正是濟世情志的極點。

　　元人出世的極點以道家及道教思想爲主，倪瓚是其中表現較貞靜
無塵的一位，他的作品一部份寫修道，一部份寫幽居，較能杏合自然，
渾融一體。因此周砥〈寄倪雲林〉詩說他：「一生傲岸輕王侯，視彼
富貴如雲浮。」對他的人品做了極高的評價。我們從倪瓚的〈北里〉、
〈春日雲林齋居〉等，亦可看出他的清靜與自然。〈北里〉詩云：

　　舍北舍南來往少，自無人覓野夫家，鳩鳴桑上還催種，入
　　雨煙中始焙茶。池水雲籠茅草氣，井床露淨碧桐花，練衣
　　掛石生幽夢，睡起行吟到日斜。

此詩之人與自然完全融爲一體，該止則止，該行則行，隨其自然，靜
謐中一片生機，春種、人語、幽夢、吟睡完全是安詳淨潔的悠閒與自
得。再如〈春日雲林齋居〉云：

　　池泉春漲深，徑苔夕陰滿。諷詠紫霞篇，馳情莘陽館。
　　晴嵐拂書幌，飛花浮茗盌。階下松粉黃，窗間雲氣暖。
　　石梁蘿蔦垂，翳翳行蹤斷。非與世相違，冥棲久忘返。

這首隱居之作可以看出詩人完全沈浸在山水自然間，心地澄澈空明，
萬物盡入眼底，胸中淳眞清曠，與陶淵明的山水田園，境界已極接近。
倪瓚的隱居是眞隱而非假隱，眞隱的情志出世無塵，假隱則身在田
園，心在魏闕，雖隱其身而不隱其心，只是消極避世而已。

　　張雨也是隱士之一，但道教的修爲，使他表現出來的出世情志與
倪瓚略有不同，如〈齋居偶興〉云：

　　絕澗多靈石，中開小洞房。醉醒依竹素，晴雨看梅黃。

樹暗鶯聲澀，巖虛水韻長。未能超賈馬，自足上羲皇。

此詩與倪瓚一樣是沈浸自然之作，鶯聲水韻自有自然之天籟，其心中之恬淡自足亦足匹羲皇。然而張雨觀察景物別具隻眼，靈石洞房中充滿仙道色彩，與倪瓚之幽棲山林有別。張雨這種具仙道色彩的出世思想，在集中屢屢出現，如〈菌閣〉云：

巖架菌芝閣，榜題松雪扉。雲來畫簷宿，龍向墨池歸。

對几琴三疊，倚闌山四圍。仙靈能夜降，應得授玄機。

此詩就明白寫山冀求仙靈夜降來受玄機的心志。張雨的「自然」已出離人世，投入玄渺靈冥之境，而倪瓚的自然則尚為人世之自然。

以上所舉為元人情志的二元極點，當然入世之憂虞不只耶律楚材及郝經二人，我們在「詩史精神」一章中已列舉不少人物；出世的逍遙也不只倪瓚及張雨二人，在「隱逸思想」一章中也可見冥合自然之詩作。在這二元的背後，其實也是儒、道釋二家思想不同內涵的顯現，儒者多傾向用世、濟世，道釋多傾向避世、出世，而出與入之間又有多層世界，簡單劃分則為現實與超現實之間，人世與宇宙之間，其實人世之中又有在山、出山，宇宙之中又有神仙、佛（覺悟的人）等不同，元人的二元情志從耶律、郝、倪、張諸公的情志世界，我們已可以看出這全幅內涵，然而元人的情志大致在「在山」與「出山」兩境而已，少部分能及於宇宙天穹的想像，大多數則仍在人世的出魏闕入江湖而已。譬如倪瓚本身，雖能及於幽居的逍遙，卻仍有不少江湖與魏闕間的二元痕跡，如〈十二月十七日過與之洛澗山居留宿，忽大雪作，及明起視戶外，巖岫如玉琢削竹，樹壓倒徑，無行蹤飄瞥，竟日至暮。未已，雪深尺餘，因賦詩留別〉詩云：

世途榮茊苒，歲晏不知歸，密雪竹林夜，挑燈共排扉，蕭
　　　入世　　　　　出世
條塵慮淨，諷詠玄言微，遇此言中賞，心事悵多違。（《清閟
　　　　　　出世　　　　　入世
閣全集》卷一）

〈玄文館讀書〉末四句云：

　　　回首撫八荒，紛攘蚍蜉如。願從逍遙遊，何許崑崙墟。
　　　　　　入　世　　　　　　　　　出　世

　　　（《清閟閣全集》卷一）

〈述懷〉詩中間數句云：

　　　非爲螻蟻計，與已浮滄溟，雲霓龍蛇噬，不復辨渭涇，
　　　　　　入世　　　　　出世　　　　　　入世

　　　邈邈巖洞阿，靈芝燁紫莖。
　　　　　　出　世

〈周遜學辭親，秋暑將事于役，因寫幽澗寒松圖，并詩以遺之，亦若
招隱之意云〉詩云：

　　　秋暑多病暍，征夫怨行路，瑟瑟幽澗松，清陰滿庭戶。
　　　　　　入世　　　　　　　　出世

　　　《清閟閣全集卷二》

　　凡此，都是出山與入山二元的世界，入世的困擾與世途的榮苒，
仍使他心事悵然。蚍蜉紛攘，螻蟻計窮，龍蛇狂噬等等的意義是相
同的，而病暍、行路也正是這世局困頓的表徵；出世的部份則以「巖
中賞」、「不知歸」、「逍遙遊」、「崑崙墟」、「浮滄溟」、「燁紫莖」等
等爲表徵，末首的「瑟瑟幽澗松，清陰滿庭戶」正是此人間世困局
的消解。

　　這種二元對照的情志世界，在倪瓚的心中並未構成矛盾與進退兩
難的煩憂，他終有清涼的庭蔭，瑟瑟的澗松可以棲託心靈，然而在許
多詩人心中，卻是強烈對照的兩極，有著舉棋不定，悔尤參半的心境，
在入世與出世的雙向意念中，情感起了壯闊的波瀾，譬如趙孟頫、程
鉅夫、虞集、楊載、黃溍等等，許多元人心中都具有這二元矛盾的情
志，幸運者在朝爲官卻仍企思山林，不幸者身在山野卻仍心懷魏闕，
這種二元的掙扎在元初制度未上軌道前，詩人心中尤其有此明顯的徬
徨。趙孟頫的〈罪出〉是極聞名的一首，詩云：

　　　在山爲遠志，出山爲小草，古語已云然，見事苦不早。

平生獨往願，丘壑寄懷抱，圖書自娛興，野性期自保。
誰令墮塵網，宛轉受纏繞。昔為水上鷗，今如籠中鳥，
哀鳴誰復顧，毛羽日摧槁。向非親友贈，蔬食常不飽。
病妻抱弱子，遠去萬里道，骨肉生別離，丘瓏誰為掃。
愁深無一語，目斷南雲杳。慟哭悲風來，如何訴穹昊。

（《趙孟頫集》〈罪出〉）

這首詩有許多「入世——出世」二元對照的情志如「在山為遠志，
出山為小草」「昔為水上鷗，今如籠中鳥」等，趙孟頫未隨程鉅夫北
上應世祖召之前，曾隱居讀書，「放乎山水之間而樂乎名教之中」，曾
「為吳興八俊」之一，宋亡，因民族意識的考慮，辭夾谷之奇推薦翰
林院編修一職，然而用世之志終不能久處囊中，因此應程鉅夫訪逸之
邀，北上任文學侍從。〔註23〕我們從罪出詩題，可知其負罪心情的沈
重，沈愁如此，無一語可吐，只有慟哭悲風，訴與穹昊，然而天宰茫
茫，如何可訴？這也就是趙孟頫哀不能遣的困局。

不只趙孟頫如此，許多元代詩人心中都存在這種二元矛盾。以下
我們試以對照表析的方式來看元代許多詩人如此二元的心境：

○洶湧風如戰，蕭騷雨欲殘。遙峰應有雪，半夜不勝寒。
　吾道孤燈在，人寰幾枕安。何當弦銀海，清饒倚樓看。（方
　　　　　　　入　世　　　　　　　　出　世
回〈雨夜雪意〉）

○經世如無策，謀生會有涯，殷勤理黃菊，留眼倚秋花。（黃
溍〈含香道中〉）
　　　　　　　入　世　　　　　　　　出　世

○敗簷逼仄怕抬頭，孤宦飄零不自由，半夜空齋風雨急，夢
　　　　　　　　現實世界　　　　　　　　　　　　遠
中誤喚繫漁舟。（尹廷高〈永嘉精舍〉）
離現實

〔註23〕見戴麗珠有關趙孟頫的出處行藏詳見戴麗珠《趙孟頫文學與藝術之
研究》第一章所考，學海 1986 年版。

○得個黃牛學種田，蓋間茅屋傍林泉。情知老去無多日，且
向閒中過幾年。詘道詘身俱是辱，愛詩愛酒總名仙。世間
　　　　　　　　入世　　　　　　　　出世
百物還須買，不信青山也要錢。（房皡〈思隱〉）
入世　　　　　　　　出世

○一天雷雨誠堪畏，千載風雲漫企思，留取閒身臥田舍，靜
　當下　　　　　　　歷史
看蝴蝶掛蛛絲。（許衡〈辭召命作〉）

○不辭跋涉恨崎嶇，如此飄飄一丈天，新雨驚秋鳴草樹，行
　　　　　　　現實世界
人隨雁落江湖。（劉將孫〈送錢方立游荊〉）
　　　遠離現實

○在山雖無榮，出山有何好？清流混黃污，遠志成小草。（王
　出世　　　　入世　　　　出世　入世　出世　入世
冕〈山中作寄城中諸友〉）

○眼前萬世等一夢，世上幾人能百年？千古英雄今已矣，北
　當下歷史　　　　　　　　　　　歷史　　　　當
部荒塚草芊芊。（〈張觀光〉漫述十首之八）
下

○山中忘世換，人事又從新。儒服吾宗老，南冠故國人。
　遠離現實　　現實
悲風千載淚，幽谷一年春。折取山花供，清香已滿巾。（吳
　現實　　　　遠離現實
澄〈正月五日吾族諸老儒服縱遊〉）

○揚雄莽大夫，陶潛晉處士，男兒百歲中，蓋棺事乃已。（吳
澄〈感興〉之五）

○高吟伴細斟，清思淨塵衿。丹火栖金井，花香拂玉琴。
滄洲風月滿，紫閣霧煙深。鴻鵠墮平地，誰知萬里心。（吳
　　出世　　　　入世　　　　入世　　　出世
師道〈和陳端叔二首〉）

以上略舉十家之作，已可以看出元人情志世界明顯的二元對立，他們一面關心現實世界的紛亂問題，一面又想出世以求解脫，人寰不得安枕，銀海或可眩思，經世既無良策，黃菊聊可忘憂。宦者嘆身世飄零，在夢中繫漁舟以求慰解；隱者嘆世途崎嶇只有隨雁入江湖。王冕一詩完全以比興述志，清流與黃污，遠志與小草形成詩中二元情志的比喻。張觀光、許衡等，更以當下與歷史對照，「英雄」與「荒塚」兩個意象，互相激宕，形成凄美無奈的情志內涵。吳澄更以仕的人物事例，隱的人物事例對照，結以人世的一切將於棄世後萬事俱休。這一連串的作品或出以比興，或諷訟直賦，或歎古今，或論人物，或寫景物，文字上完全環繞著二元的意涵結構交織而成，情志上更以二元意涵爲模刻的範疇，這是元代社會的特殊變局，所形成的藝術特色，而在善於抒情述志，以言志爲主的詩歌中泛顯出來。

　　除了一章之中有二元對立，組詩中亦明白顯現這種藝術特色，特別是吳師道有〈和李坦之二首〉，結構上完全採一詩爲隱，一詩寫仕的對照法，詩云：

　　　　白雲滿蒼梧，黃葉墜瀟湘。九疑青峰下，水冷孤祠荒。
　　　　漠漠帝子魂，千載懷故鄉。秋風吹落日，猩鼯嘯幽篁。
　　　　瑟聲杳何處，臨江思茫茫。倚楫欲弔之。南望涕霑裳。

又：

　　　　中原帶黃河，大行臥嶺鋈，寒空渺萬里，日暮愁雲陰，
　　　　高鳥飛不度，狐兔餘哀音。英雄百戰地，意氣俱銷沈。
　　　　秋風舊城闕，野草荒煙深。興亡不可極，北望涕沾襟。

　　　　（《吳禮部集》卷二）

這組詩第一首寫離京歸隱江南的山川景物，一片遼闊，第二首寫江南北望帝京，中原的城闕山河，滿目瘡痍，二詩的結構特殊，完全分南北二景、仕隱二志，別爲兩章，這種整章式的二元對立，正足以看出元人二元意涵的鮮明狀態。當然吳師道此詩妙在分章中各有綰合，首章的白雲黃葉，蒼梧瀟湘，固然遼闊蒼茫，足以忘憂，但帝子魂仍「千

載懷故鄉」的耿耿心志,並無法真正忘機,因此結以「南望涕霑裳」,「涕」字正是南望的矛盾,南歸正足以適性,何以涕出?正是避世而不能忘世的矛盾情感。第二章又以「北望涕沾襟」綰合首章,一南一北,豈不正是詩人內心矛盾的二元意涵?吳師道有一首〈牆西梅花〉詩,也很能表現這種二元意涵的藝術趣味與情志特徵:

> 牆西古梅側敧倒,一半花開出官道,道傍過者爭注目,弄芷扳枝矜媚好。幽姿詎肯隨俗態,高豔何如委凡草。心非真契漫相逢,計失深藏難自保。何如空山荒澗底,千年古徑無人到。寒香不到暖蝶知,落英惟有春風掃。會當移植遂爾性,不用哀吟對枯槁。

這首詩中以梅花自喻,梅花本應處空山荒澗中,如今開在官道旁,「幽姿」只成了「俗態」,「高豔」也成了「凡草」,吳師道以地理場景的乖忤,雅俗異性的矛盾,高凡不同的志向來比興諷頌,形成極佳的二元對照。

二、元詩中的世界觀

　　元人詩中的二元意涵結構是不勝枚舉的,以上隨意撮舉的詩例,只是讓我們了解元詩中二元的情志與語文結構,然而通過這種二元對照,我們更應尋出元人情志的舒解,究竟在兩極中的那個位置取得平衡,換言之,元人的情志以何者為集體依歸?他們矛盾對立的落足點何在?這正是元詩中存在的世界觀。

　　從整個時代來看,除了元好問、郝經、耶律楚材等人堅定地選擇了入世的態度與做為外,大部分元人的心志都偏向隱逸出世,即使出仕在官者,也常有思隱之志,而這出世又非神仙之思(部份方外人士及道士等,有用功於靈修者,常出神仙之思),只是希望在複雜的人世間尋求清幽之境而已。因此元人的出世態度屬於脫離塵勞的山林之思,倒未及超逸塵寰的宇宙思想。這點和歷來的出世思想略有差別,如魏晉多遊仙,陶潛愛自然、王維好佛、蘇軾多天宇冥想等,情趣都有別於元代出世的情志。元人固然有游仙之玄及好佛之思,但大部份

情志仍是現象界的。所以元詩中的世界觀其實是遊心山林而已，而非遊心自然，也非遊心宇宙。如前舉的詩家中，黃溍以「留眼待秋花」爲志，尹廷高以「夢中誤喚繫漁舟」爲志，房暤以「且向閒中過幾年」爲志，許衡以「留取閒身臥回舍」爲志等等，都是元人在二元情志的矛盾後，最終的選擇，兩種不同人生觀交鋒的結果，元人的隱志是大過於仕志，出世的渴望是大過於入世的企求，這不僅因爲時局變動的紛擾，更因爲元代儒戶制度下士人仍有一線生機的關係，他們可以在山林中仍有穩定的生活，雖不能榮達，也少陶淵明之憂貧，皇糧微俸下的儒學教授，更是在這種生計不愁的環境下，有較多遊心山林的傾向。吳師道〈山行即事〉就是這種典型的代表：

> 穿雲渡水百盤迴，身在青紅錦繡堆。野老怪人沖雨過，牧
> 兒疑我看花來。山林自是平生志，州縣原非健吏才。但得
> 蠶桑無餓者，不妨歸臥守蒿萊。（《禮部集》卷八）

吳師道曾入爲國子助教，後以禮部郎中致仕，先爲教師，後已致仕，但仍終隱於家，〔註 24〕他曾以一首詩和同宗吳立夫云：「丈夫窮達豈所論，要以不朽垂乾坤。」二句中傳達出他的豪情壯志，然此時自謂「山林自是平生志」「不妨歸臥守蒿萊」，可見他的世界觀是以山林爲著眼點（vision）。倪瓚雖未教授儒學，但因父祖從事商賈，家財富厚，他在梅里家宅興建了許多幽靜高潔的堂屋，作爲日常讀書迎賓之所，清閟閣便是其中的一個，〔註 25〕故而，倪瓚的隱逸思想頗能貫徹到底，詩中多半爲山林之作。其〈蓬廬詩〉正是這種以返歸山林爲志的世界觀：

> 天地一蓬廬，生死猶旦暮。奈何世中人，遂遂不返顧。
> 此身非我有，易晞等朝露。世短謀則長，差哉勞調度。
> 彼云財斯聚，我以道爲富。坐知天下曠，視我不出戶。
> 榮公且行歌，帶索何必惡。（《清閟閣全集》卷二）

〔註 24〕見《元詩選》顧嗣立於《禮部集》之敘錄。
〔註 25〕見于大成《倪雲林與清閟閣》一文，收於其《古典文學研究》中木鐸 1984 年版。

除了此詩中「以道爲富」的直賦外，〈劉君元暉八月十四日邀余玩月
快雪齋中，對月理詠，因賦長句二首〉詩云：「古人與我不並世，鶴
思鷗情迴愁絕」則以比喻來表達自己思「鷗情」。前面我們已提過，
雲林可爲元人情志世界的另一極點，即徹底的山林思想，此處可見雲
林逸在山林，輕淡如鶴，卻仍覺不足，希望自己可以有鷗鳥之情，可
躋升天宇，冷然娟，這已是元人世界觀中較超逸的表現，大部分元人
的作品仍只是企慕山林，作閒雲野鶴之想而已。譬如虞集〈送呂教授
還臨川〉云：

> ……我本蜀人隨水來，結屋與子相鄰隈，白髮京塵不歸去，
> 臨風相送興悠哉。(《道園遺稿》卷二)

呂教授者呂仲謙也，出爲教授，此際歸還臨川，教授爲元代儒學教師
之一制，領有皇糧銀鈔，而虞集本身亦任儒學教授，後歷國子助教博
士、國子祭酒，也都是教師職務，此詩是主客兼寫，同樣都有結屋臨
水之志，有思歸山林的世界觀。

一樣是元代社會的投影，詩和雜劇是不同的，雜劇或許有較多社
會寫實的表現，詩卻只能隱微含蓄地以「世界觀」表其情志。張淑香
〈元雜劇的社會質素〉一文曾提到：「詩的終極目的，不在於模倣描
寫人生的事象，詩是一種對於人生的沈思之表達。」〔註26〕這點我們
在元詩的情志中可以驗証，元人對於人生的沉思，最終是以山林爲
歸，無塵的世界是元人渴望企想的，避地出塵是他們行動中履踐的方
向，因此也就成了許多美麗幽曠的山林文學。以儒道釋三家思想來簡
單歸納，則元人在儒家思想的人文秩序瓦解後，心中起了強烈的矛盾
與重調秩序的波瀾，而元代在道釋文化普及的影響下，新秩序的認同
點多歸於隱，而顯出較多遊跡山林之志，然其世界觀仍是人世的，只
是從京華轉爲田園，從塵俗轉爲山林而已。我們以「京華——山林—
—天宇」三種不同的空間來比喻，則元詩中的心靈世界在山林，這
和曹操「駕虹蜺，乘赤雲，登彼九疑歷玉門。」(〈陌上桑〉)顯然是

〔註26〕見《國立編譯館刊》九卷一期。

不同的，和杜甫「許身一何愚，竊比稷與契」也迥異，和蘇軾之「明月幾時有，把酒問清天，不知天上宮闕，今夕是何年？」更非同調，曹操遊仙之作，世界觀是天宇的，但和蘇軾數天上年月的世界觀並不相同，一雄邁，一曠達，一感性，一理智，杜甫的世界觀是人世的，雖身在山野，而憂思所及全在京華，和元人以人世之山林爲觀點也有不同，一沈鬱，一清麗，一執著，一放逸。無垠的宇宙與人間，悠悠的古往與今來，空間窮碧落黃泉，時間及鑑古觀今，這是人類心靈可以馳逞的世界，以此看來，蘇軾、曹操等心靈世界大過於元人，而杜甫的心靈世界之深執也有過於元人，然元人清麗之思，放逸之志，也不乏可以賞玩的美感，這是元詩之所以具藝術價值的根本處。吉川幸次郎認爲元人詩歌與唐詩最大的不同在「悲哀的揚棄」，〔註27〕如果我們從「世界觀」的角度來詮解也可體貼入微地傳達出吉川所提的這種美感的根本所在。再如明謝榛〈四溟詩話〉卷四云：「元詩偏於清而不沈鬱」，〔註28〕我們可從此世界觀的觀點得到解釋與印證。清葉燮《原詩》云：「志之發端，雅有高卑大小遠近之不同。志高則其言潔，志大則其辭弘，志遠則其旨永，如是者其詩必傳。」〔註29〕元詩以此出塵的世界觀，應可登昇志高言潔之列，而傳於後世吧！

〔註27〕吉川次郎《元明詩概說》序章「元明詩的性質」。
〔註28〕見《百種詩話類編後編》頁 1518。
〔註29〕見丁福保《清話話》頁 593。

第二章　唐詩情韻之發揚

　　詩有格有調，格高古，調諧暢，詩之情韻自然顯露，元詩承中國詩歌之傳統，已具言志之本質，復有格調情韻之美感，然而格調情韻抽象難明，想要確切掌握元詩之美殊爲困難。中國詩歌歷史經唐體大備，宋體新變後，元詩體貌如何，只有藉唐宋之別爲經緯，才能在相較映襯中得出元詩風格的定位。

　　研究一時代或一家詩，很難以固定風格視之，這裡強以「唐詩情韻」「宋詩理趣」對舉，完全爲了審美比較上的方便，其實唐自有多樣風格，宋也諸體雜陳，無法以一體論。而且唐詩與宋詩對舉之間已成詩體風格之辨，非時代前後之分而已。錢鍾書《談藝錄》云：「唐詩、宋詩非僅朝代之別，乃體格性分之殊。」又云：「曰唐曰宋，特舉大概而言，爲稱謂之便，非曰唐詩必出唐人，宋詩必出宋人也。」〔註1〕本文即舉其大端，權借「唐詩情韻」與「宋詩理趣」之析辨，以爲度量元詩之尺標。

　　詩歌演進的歷程中，體格之正變是歷代詩家最敏感的問題，唐人思考古體的典型，因此有恢復漢魏古體的主張，宋人忖度唐體之完備，因此有奪胎換骨以求新變的作法，其目的都在尋求詩歌各體的典型。明人辨體的功夫著力最多，實踐正體的努力也最劭，因此演發唐

〔註1〕錢鍾書《談藝錄》頁2，北京・中華書局1983年版。

宋詩之爭，形成崇唐抑宋的風氣，唐宋詩之間豈有高下良窳乎？唐體與宋體之別何在？元詩於唐宋體之間是否能別生風貌，自成一格？這都是本章要析論的重心。

第一節　唐詩與宋詩之別

唐宋詩之辨從嚴羽《滄浪詩話》已肇其端，「詩辯」條云：

> 詩者，吟詠情性也。盛唐詩人惟在興趣，羚羊掛角，無跡可求。故其妙處透澈玲瓏，不可湊泊，如空中之音、相中之色、水中之月、鏡中之象，言有盡而意無窮。近代諸公乃作奇特會解，遂以文字爲詩、以才學爲詩、以議論爲詩。夫豈不工，終非古人之詩也。蓋於一唱三嘆之音，有所歉焉。且其作多務使事，不問興致，用字必有來歷，押韻必有出處。讀之反覆終篇，不知著到何在……，詩而至此，可謂一厄也！

嚴羽此論點出詩之正典在求「興趣」，以含蓄有味，吞吐不盡爲尚，宋人以文入詩，主議論，使事求來歷，用韻講出處，完全失卻詩味。嚴羽言下之意，宋詩在唐詩之下。這個觀點大量出現在明人的《詩論》中，明楊愼《升庵詩話》卷一三七云：

> 唐人主情，去三百篇近；宋人主理，去三百篇卻遠。

明鎦績《霏雪錄》云：

> 唐人詩純，宋人詩駁；唐人詩活，宋人詩滯；唐詩自在，宋詩貴力；唐詩渾成，宋詩飣餖；唐詩縝密，宋詩漏逗；唐詩溫潤，宋詩枯燥；唐詩鏗鏘，宋詩散緩……。〔註2〕

明謝榛《四溟詩話》云：

> 盛唐人突然而起，以韻爲主，意到辭工，不假雕飾，或命意得句，以韻發端渾成無跡……。宋人專重轉合，刻意精鍊，或難於起句，借用傍韻，牽強成章。

又云：

〔註2〕見曹溶輯《學海類編》本頁8～9。文海出版社1964年版。

> 詩有辭前意、辭後意，唐人兼之，婉而有味，渾而無跡。
>
> 宋人必先命意，涉於理路，殊無思致。

明胡應麟《詩藪》外篇云：

> 宋人專用意而廢詞，若枯梗槁梧，雖根幹屈盤，而絕無暢
>
> 茂之象。〔註3〕

明人論唐宋之別主要在自然情韻與人為理趣之間，楊愼認為唐人「主情」，宋人「主理」；謝榛認為唐詩「主韻」，意在其中，渾然無跡，宋詩涉於「理路」，牽強刻意；胡應麟更指出唐詩暢茂自然，宋詩則枯槁盤屈，缺乏氣象等等，這些觀點一則透露明人對宋人之鄙棄，一則顯現唐宋體分別之大端在情韻與理趣之間。然而情韻與理趣說終究含混模糊，不如嚴羽「興趣」說及「以文字為詩、以才學為詩、以議論為詩」來得具體，因此明人不斷補述宋詩之主理主意，甚而論及音調格律之代降，終致於認為「宋無詩」。〔註4〕

　　然而嚴羽及明代這一派復求古近體正典的呼聲之外，宋朝當世及稍後的清代詩家，又存有另一種肯定宋詩的言論。宋陳肖巖《庚溪詩話》云：

> 本朝詩人與唐世相亢，其所得各不相同，而俱自有妙處。

葉夢得《石林詩話》云：

> 歐陽文忠公詩，始矯崑體，以氣為主，故其詩多平易疏暢。

清吳之振〈宋詩鈔序〉云：

〔註3〕以上所引除註2外，餘皆見《歷代詩話》。

〔註4〕有關明人對古近體正典的辨體思想，陳國球《唐詩的傳承》一書考之甚精審。而其中明謝榛《四溟詩話》對宋詩之主理主意論久最多，謝榛不僅提出宋詩主意之理路，更進一步從創作論解釋理路與興象之間云：「宋人謂作詩貴先立意。李白斗酒百篇，豈先立許多意思而後措詞哉？蓋意隨筆生，不假布置。詩有不立意造句，以興為主，漫然成篇，此詩人之入化也。」謝榛提出「以興為主」正是上承嚴羽「興趣」說的解釋。李夢陽〈缶音序〉則從格調入，以音律之代降論宋詩云：「詩至唐，古調亡矣，然自有唐調可歌詠，高者猶足被管絃；宋人主理不主調，於是唐調亦亡。」（《空同集》卷四八）因此在復古派的主張中，宋詩無可觀者。

　　宋人之詩，變化於唐，而出其所自得，皮毛落盡，精神獨
　　存，不知者或以爲腐。

清葉燮《原詩》外篇云：

　　從來論詩者，大約伸唐而絀宋，謂唐人以詩爲詩，主情性，
　　於三百篇爲爲近。宋人以文爲詩，主議論，於三百篇爲遠，
　　何言之謬也。唐詩有議論者，杜甫是也。……且三百篇中，
　　二雅爲議論者正自不少。

清翁方綱《石洲詩話》云：

　　詩至宋而益加細密，刻抉入裡，實非唐人所能囿也。

又云：

　　唐詩妙境在虛處，宋詩妙境在實處。〔註5〕

這些觀點正足以看出宋朝當代力求頡擷唐詩，自成一格的努力以及明
人過責宋詩的地方。而翁方綱「虛」「實」二字則又回到「情韻」「理
趣」的分辨上，因此，我們綜合歷代《詩論》，不管崇唐抑宋，或唐
宋並尊的觀點，唐宋詩之大別都不出情韻與理趣。

　　然而這樣的析辨仍抽象隱微，只有進一步解析「情韻——理趣」
之間的質素，才能具體說明。錢鍾書《談藝錄》中對這一點有更顯著
的分別，他說：「唐詩多以丰神情韻擅長，宋詩多以筋骨思理見勝。」
〔註6〕錢氏以「丰神情韻」與「筋骨思理」對舉已較單薄的「情韻—
—理趣」更上一層，而且「丰神」也已觸及宋嚴羽「興趣」說及明
謝榛之「以興爲主」，「筋骨」二字對宋詩之以文爲詩，以議論爲詩，
多使用求出處等特點〔註7〕能含籠囊括。但是錢鍾書只就風格辨之，

〔註5〕 以上所引分見清・何文煥《歷代詩話》頁403、郭紹虞《清詩話續編》
　　　　頁1361，及吳之振《宋詩鈔》等。
〔註6〕 見錢鍾書《新編談藝錄》頁2。
〔註7〕 一般論宋詩特質除提出主理之外，多從這幾點論。如吉川幸次郎《宋
　　　　詩概說》指出「宋詩的敘述性」「宋詩的社會批判」「宋詩的哲學性
　　　　理論性」等。聯經1979年二版。張白山《宋詩散論》亦著重宋詩之
　　　　議論吉散文化。王水照〈宋代詩歌的藝術特點和教訓〉一文則指出
　　　　宋詩的特點「散文化」「議論化」「大量用典和對前人詩句的模擬」
　　　　等，見其《唐宋文學論集》頁165～188，齊魯書社1984年版。

對嚴羽指出的「以文為詩，以議論為詩」仍未具體表白。近人簡錦松《李何詩論研究》中針對李夢陽〈缶音序〉所論有稍稍具體的結論，其云：「（夢陽）認為宋詩性氣的味道太濃，好談理道，而忽略了詩本應追求情志和比興的任務。」〔註8〕這裡我們可以得到進一步的析辨：唐詩的丰神情韻在於情志託於比興的含蘊，宋詩之筋骨思理在於性道流於賦法的表達。這種結合賦比興手法到情志理趣的分辨，較能得出唐宋詩的不同。而且我們可以沿其表現手法及情志內涵再細究之。金達凱〈宋詩簡論〉指出：「唐詩有豐腴圓潤的情辭，宋詩有峻峭挺拔的氣骨。」〔註9〕這點正足發明前人論宋詩枯槁者，也補充了表現手法上辭采的差異。繆越〈論宋詩〉一文也有相同的看法說：「唐詩之美在情辭，故豐腴；宋詩之美在氣骨，故瘦勁。」〔註10〕近人龔鵬程〈知性的反省——宋詩的基本風貌〉一文更細密地指出唐詩「以最純粹的形態併置物象」「不作判斷語」「是物象本身的自然律動與呈顯」，而宋詩是「作者知性思省所賦予的辨識」，「除觸境知象外，尚須即物窮理，恢意象為意理，轉識成智」，龔氏此文對唐宋詩有簡單而完足的兩組對照語：唐詩是「直覺 —— 表現 —— 意象 —— 感情」，宋詩是「邏輯 —— 思考 —— 概念理智」。〔註11〕又如吉川幸次郎《宋詩概說》云：「唐詩注重存美表現」，「唐詩的詞藻平常都偏鋪張華麗」，「宋詩往往避免流於華麗」「稱之為硬語」等等。〔註12〕

　　由上面系列地分辨中，「唐詩情韻」「宋詩理趣」的內涵已有了較具體的答案，我們可以總結為：就表現手法言，唐詩較直感，多比興，尚意象，辭采華贍豐腴；宋詩具智性，多賦法，尚意理，文辭枯淡而平實。就情志內涵言，唐詩多情語，緣情綺靡而顯情韻；宋詩多哲詩，敘述言志而顯理趣。

〔註 8〕見簡錦松《李何詩論研究》頁 143。
〔註 9〕金達凱〈宋詩簡論〉見《民主評論》七卷七期。
〔註10〕見繆越《詩詞散論》。
〔註11〕見龔鵬程《文學與美學》頁 154～185。業強出版社 1986 年版。
〔註12〕吉川幸次郎《宋詩概說》序章第十節，頁 50，聯經 1979 年版。

第二節　元詩近唐詩情韻

　　由上節可知唐宋體之大別在與情韻與理趣，這點元人基本上也認同，傅與礪《詩法正論》就曾說過：「宋詩比唐詩氣象瓊別，……大概唐人以詩爲詩，宋人以文爲詩，唐詩主於達情性，故於三百篇爲近，宋詩主於立議論，故於三百篇爲遠。」〔註13〕這個說法直與明人相呼應，明楊愼《譚苑醍醐》云：「唐人詩主情，去三百篇近，宋人詩主體，去三百篇卻遠矣。」〔註14〕然而這樣簡單的「情」、「理」二字，終只能體會不能言傳，因此，我們參考近人解說，於上節中節論出「唐詩情韻」與「宋詩理趣」之，由表現手法到情志內涵之間的差異。本節，我們將輔以明清詩家對宋元之別的看法，來補充之，進一步以元詩之實際面貌來印證元詩之近於唐體之處。

　　在宋元兩代作品之間，後人亦多所分辨，以別其體。明胡應麟《詩藪》云：

> 宋主格，元主調，宋多骨，元多肉。宋人蒼勁，元人柔靡，宋人粗疏，元人整密，宋人學杜於唐遠，元人學杜於唐近。
>
> 〔註15〕

又云：

> 宋初諸子、多祖樂天，元末諸人，競師長吉。〔註16〕

從胡應麟的辨體別派中，元之「調」「肉」「柔靡整密」似乎皆從近唐言之，可見胡應麟在辨析宋元詩體時，持元詩較近唐詩風調的看法，因此他說「元人學杜於唐近」，並指出元人學長吉和宋人學樂天不同，如果貫串唐宋元三朝來看，宋元詩實皆學唐，但宋詩走向蒼勁、粗疏之風，反而離唐調遠，元人走向柔靡、整密之風固近於唐。明·游潛《夢蕉詩話》也論及唐宋元明詩之辨云：

> 或問：謂元詩似唐，當代之詩似宋。然歟？曰：元有唐之

〔註13〕見廣文 1973 年版《名家詩法彙編》頁 161，傅與礪《詩法正論》。
〔註14〕見廣文 1973 年版《藝藪談宗》卷三所錄。
〔註15〕見明胡應麟《詩藪》內編「古體中五言」，廣文 1973 年版。
〔註16〕同註 3 內編「古體下七言」。

　　氣，當代得宋之味。氣主外，蓋謂情之趣。味主內，蓋謂
　　理之趣。要之皆爲似而已矣。〔註17〕

游潛同樣認爲元詩似唐，「有唐之氣」，而氣主外，是「情之趣」，換
言之，元詩是情趣直露，可觀者，和唐人相彷彿。何景明〈與空同先
生〉則云：

　　宋詩深卻去唐遠，元詩淺去唐卻近。〔註18〕

清田同之《西圃詩說》云：

　　大抵宋人務離唐人以爲高，而元人求合唐人以爲法。〔註19〕

明謝榛《四溟詩話》卷四云：

　　宋詩偏於濁而不瀟灑，元詩偏於清而不沈鬱。〔註20〕

吳喬《答萬季野詩問》云：

　　宋人多是實話，失三百篇之六義，元詩猶在深入處。〔註21〕

清・潘德輿《養一齋失話》卷四云：

　　唐詩大概主情，故多寬裕和動之音；宋詩大概主氣，故多
　　猛起奮末之音；元詩大概主詞，故多狄成滌濫之音，元不
　　逮宋，宋不逮唐，大彰明較著矣。〔註22〕

由以上宋元對舉的資料可知：

1. 元詩之近唐是可以肯定的事實，錢鍾書謂「元人多作唐調」
〔註23〕即此。

2. 元詩之近唐在於「調」「肉」「整密」「情趣」「深入」等，而
其中「深入」與宋之實話對舉，殆指含蓄不露的比興之風。

3. 元詩雖近唐，卻不及唐，故云其「淺」「清而不沈鬱」「主詞」
等，風格無出唐右，此即翁方綱所謂「元人只剩得一段豐致

〔註17〕見廣文古今詩話叢刊本。
〔註18〕見明・周子文《藝藪談宗》卷一所錄。廣文古今詩話叢刊本。
〔註19〕收於郭紹虞《清詩話續編》頁755。
〔註20〕收於臺靜農《百種詩話類編》後編頁1518。
〔註21〕見《詩問四種》，齊魯書社1985年版。
〔註22〕見《清詩話續編》頁2055。
〔註23〕錢鍾書《新編談藝錄》頁95。「趙松雪詩」一條。

而已」〔註24〕

對於元詩之合於唐，我們如果以詩歌歷史的演變角度來看，更能有清楚的認知。胡應麟《詩藪》是古代詩話中最具詩史概念的一部，他以「盛衰」；「質」「文」的遞變來詮釋詩歌歷史頗爲獨到，他說：

> 文質彬彬，固也。兩漢以質勝，六朝以文勝。魏稍文，所以遜兩漢；唐稍質，所以過六朝。（《詩藪》內篇卷一）

近人陳國球根據這段話歸納出：「文質彬彬（周）→質（漢）→稍文（魏）→文（六朝）→稍質（唐）」〔註25〕等進程，我們如依此推進則應接繼「稍質（唐）→質（宋）→文（元）」，這也是根據以上諸家論元詩有別於唐宋所得來的心得。另外，胡應麟根據盛衰消長提出：「元，宋之閏也，剝極而坤，遂爲陽復之機」〔註26〕從這個說法，可見胡應麟將宋詩視爲「剝之極」，元詩則具「陽復之機」，難怪他會提出「宋之遠於詩者，材累之，元之近於詩者，亦材使之也。故蹈元之轍，不失爲小乘，入宋之門，多流於外道」的說法。元詩在詩史上是詩歌由剝入復的契機，是唐詩正典下的小乘派門，由此可見元詩面貌之一斑。清顧嗣立《元詩選》之凡例云：「迨於有元、其變已極，故由宋返唐，而諸體備焉。」其旨意也大略同於胡應麟所論。推論至此，則元詩之近於唐的風格情態、詩史因素等，我們已能有概略的認識，然而有元一代詩人如何來承繼唐詩，完成此貌，更是值得詳考驗證的事實。

包根弟《《元代詩學》》一文指出：

> 在詩歌的流派上，北方詩壇在元遺山的倡導下，都崇尚唐詩，按遺山以北人悲歌慷慨之風欲救南人之失，故屏除南宋江西、四靈、江湖諸派，提倡道健宏敞的作風，他爲鼓吹唐音，改革宋代諸派，特選（唐詩鼓吹）十卷。故北方詩人如郝經、王惲等人之詩，皆深具唐詩之氣骨與風華。

〔註24〕見《石洲詩話》卷四，收於《百種詩話類編後編》，頁1512。
〔註25〕陳國球《變中求不變—— 論胡應麟對詩史的詮釋》一文，《中外文學》十二卷八期。
〔註26〕胡應麟《詩藪》外編卷一。

　　　　南方詩壇則可分爲宗唐、宗宋二派，宗宋派如江西詩派之
　　　　後勁方回，宗唐派又分二流：一爲宗盛唐風雅之趙孟頫、
　　　　戴表元等人，一爲宗晚唐姚合、許渾詩體諸人。〔註27〕

包氏這段話很能簡明勾勒出元代詩壇學唐體的全貌，除了方回宗宋
外，元世諸家全爲宗唐的天下。下章模擬風氣中，我們會詳述元人宗
唐的主張與學習的路徑，這裡我們只就元詩表現唐風的諸貌來看。大
抵元人於唐體的複現中，杜樣及晚唐體最多，包括長吉、溫飛卿、李
商隱等，其他如自然似韋應物、宮體近唐風、雄直太白等亦有之，以
下我們別爲三類來看其表現手法及情志內涵。

一、元詩之近於李杜者

　　元人之學杜，氣格上以元好問最神似，然情志之沈鬱則諷時紀
事、亡國遺音一類的作品多有老杜遺風。清・陳僅《竹林答問》云：
「金詩皆學蘇，獨遺山學杜，遂橫絕一代。」〔註28〕李調元《雨村詩
話》卷下云：「元遺山詩，精深老健，魄力沈雄，直接李、杜，上下
千古，能並駕者寥寥。」〔註29〕趙翼《甌北詩話》則稱贊他的古體和
七律云：「遺山專以單行，絕無偶句，構思窅渺，十步九折，愈折而
意愈深，味愈雋，雖蘇陸亦不及也。七言律則更沈摯悲涼，自成聲調，
唐以來律詩之歌可泣者，少陵十數聯外，絕無嗣影，遺山則往往有之。」
〔註30〕諸家之論遺山以「精深老健，魄力沈雄」、「專以單行」、「意深
味雋」、「沈摯悲涼」等，可見元好問既得杜法，又得杜意，很能切近
杜詩的精神內涵。〈出京〉及〈車駕東狩後即事〉是趙翼盛讚者，我
們另以〈雨後丹鳳門登眺〉來看：

　　　　絳闕遙天霽景開，金明高樹晚風回。

〔註27〕見包根弟《元代詩學》收入《中國文學講話（八）——遼金元文學》
　　　　一書，頁83，巨流1986年版。
〔註28〕見《詩問四種》頁341，濟南齊魯書社1985年版。
〔註29〕見《清詩話續編》頁1535。
〔註30〕見趙翼《甌北詩話》卷八，遺山條。

長虹下飲海欲竭，老雁叫群秋更哀。

劫火有時歸變滅，神嵩何計得飛來。

窮途自覺無多淚，其傍殘陽望吹臺。

這首詩有杜甫七律「沈鬱頓挫」之風。詩作於金亡前二年，時蒙軍圍汴，哀宗乞和，蒙軍暫退，詩人登臨遠眺，見兵火之餘，瘡痍滿目，慮及國勢衰頹，淪亡不免，心中哀痛欲絕而作。全詩即景抒情，融情入景，「老雁」「群秋」含黍稷之悲，「長虹飲海」含滄海變兆，完全是神來氣入之作與杜甫〈秋與八首〉等，同為悲涼感慨之作。除了老杜，元好問某些作品同李白也有似之處，〈九月夢中作續以末後二句〉云：

桃花紅翠李花白，昨日成圍今日折。

歌聲滿耳何處來，楊柳青旗洛陽陌。

撫君背，握君手，朝鐘暮鼓無了期。

世事於人竟何有？

青青鏡中髮，忽忽成白首。

六國印，何如負郭二頃田？

千載名，不及即時一杯酒！

此詩之清雄奔放類李白，前引李調元之論即說遺山「直接李杜」，這首詩更見李白「與爾同銷萬古愁」的況味。山河變異後，桃紅李白全凋折了，夢中的楊柳青旗、朝鐘暮鼓，只是徒增繽紛而已，人事衰謝，流光不回，何如舉杯消愁。李白有「世間行樂亦如此，古來萬事東流水」（〈夢游天姥吟留別〉），元好問有「世事於人竟何有？青青鏡中髮，忽忽成白髮」，李白有「鐘鼓饌玉不足貴，但願長醉不復醒」（〈將進酒〉），元好問有「六國印，何如負郭二頃田？千載名，不及即時一杯酒」。二者之間精神氣韻皆極神肖。清潘德輿云：「自李後，詩遂無大句，元裕之崛起四百年後，有志追而後之。……豪情勝概，壯色沈聲，直欲跨蘇黃，攀李杜矣。」〔註31〕由此可知，李杜之後，蘇黃之外，惟遺山最得其神貌。

〔註31〕見《清詩話續編》頁2114。

　　元人詩作之近杜者多，近李者少，唯陳泰一人曾爲清翁方綱推爲有「太白之風」翁氏云：

> 長沙陳志同歌行，如〈趙子昂畫馬歌〉、〈朔方歌〉、〈萬里行〉諸篇，嶔崎磊落，在元人諸名家中，卓然有風情，不徒以金粉競麗者。昔漁洋先生從人偕宋元人詩集數十種，獨手鈔所安遺稿一卷，良是具眼。又先生居易錄云：陳泰志同歌行，馳騁筆力，有太白之風，在元人諸名家中，當居道園之下，諸公之上，而名不甚者，豈名位卑耶？今觀其詩如萬里行之類，實有似太白處；然合一卷通看之，似尚未可遽躋道園之次。〔註32〕

翁方綱同漁洋先生一樣，以陳泰之「歌行」，筆力馳騁，風格近太白，〈萬里行〉是翁氏所推許的，詩云：

> 恨身不及生北方，出門萬里無贏糧。飢鷹志豈在狐兔，日暮啄雪猶徬徨。早年結束恥游俠，絕處季孟並李陽。挏蒲又不學劉毅，百萬一擲生輝光。縱鱗暫脫騎鯨勢，弱羽徒干薦鶚章。門下雖通齊相國，馬前難拜北平王。歸來把鏡但搔首，科斗蟲魚負君久。金章一笑雷電奔，我豈終身合箝口。錦䗶鴨綠芙蓉秋，鉷船卷月泰姬樓。蛾眉爲我歌，世事何必愁。東邊日出西邊沒，南北生人俱白頭。

從此詩看來，並非通首似李，只在末四句從愁中宕逸開來，顯出一片生命無奈，略有李白情韻。近人繆越在《詩詞散論》中曾提到李杜情韻的不同，李白是「明朝散髮入扁舟」型的，情感往而能返；杜甫是「九死其猶未悔式」的，情感往而不返。所以讀李詩常可看到他悲愁之後的放逸，而此詩末四句「蛾眉爲我歌，世事何必愁」，正具這種情韻，「東邊日出西邊沒，南北生人俱白頭」，也似李白「古來聖賢皆寂寞」的感慨，通詩之音節自然，似略具李風，凡此只是李之一端而已。

　　元人之近杜者，多以諷時紀事寄亡國之哀的作品爲主，其「乾坤含憂虞，歎息腸內熱」的感情承杜甫忠愛精神而來，傅與礪、丁鶴年

〔註32〕翁方綱《石洲詩話》卷五，收於《百種詩話類編》前編頁740。

等，皆有此風。翁方綱云：

> 元時，如傅與礪之似杜、李溉之似李，皆有格調而無變化，
> 未免出於有意耳。

又云：

> 〈渾沌石行〉，賦武侯八陣蹟中小石也。其詩仿少陵〈古柏
> 行〉，此固不爲化境，然與李景文一輩不同。至於題劉伯希
> 古木雙劍圖歌之類，則眞得杜意，宜乎漁洋謂其歌行得子
> 美一鱗片甲也。

又云：

> 傅與礪歌行之學杜，自後山、簡齋不及也。然尚恨未能出
> 脫變化，此亦邊幅之隘，難以相強者也。〔註33〕

翁方綱之反覆論傅與礪者，以其似杜，但認爲他「有格調而無變化」、
「不爲化境」、「未能出其變化，又引漁洋老人語謂其「歌行得子美一
鱗片甲」，由此觀之，傅語礪亦杜之粗略影像而已。〈渾沌石行〉及〈題
劉伯希古木雙劍圖歌〉之類，是翁氏撮舉爲例者，〈渾沌石行〉詩云：

> 渾沌以來不可數，萬八千歲生盤古。絪縕乃在卷石間，光
> 怪潛通落星渚。來從魚腹人盡訝，坐念武侯心獨苦。八陣
> 圖成泣鬼神，三江石轉洞寒暑。蒼波噴浸圓且堅，難子結
> 成生理全。久當化鳥非爲怪，犬未成羊亦可仙。玉精隱月
> 相照射，金液流霞紛繞纏。輕清已判中黃外，元氣猶涵大
> 素前。英雄事往唯存石，天衡地軸今誰識。江上嘗疑霧雨
> 寒，坐中恐風雷黑。摩挲直如見溟涬，位置豈肯同沙礫。
> 長路相將拂劍隨，天陰勿使精靈得。

翁方綱說此詩仿杜甫〈古柏行〉，今觀其音節流利，步驟中程頗有杜
風，但以情韻而言，傅與礪之〈傷哉行〉〈南屯老翁行〉更得杜甫三
吏三別之風，〈南屯老翁行〉云：

> 南屯老翁年七十，官府征徭困供給。大男送糧赴軍前，次
> 男守寨不得眠。盜賊時時劫生口，東鄰西舍日夜走。今朝

〔註33〕同註20見《百種詩話類編》前編頁863。

喜見朝廷使，持酒含悽說前事。筋力雖微不敢休，辛勤更
備官軍至。叫兒應役莫逃亡，縣男成長身日強。但願明年
盡殺賊，耕種官田得兒力。

此詩之情感與章法神似杜甫〈石壕吏〉：「暮投石壕村，有吏夜捉人，
老翁踰牆走，老婦出看門。……三男鄴城戍一男附書至，二男新戰
死」，〈潼關吏〉云：「艱難奮長戟，萬古用一夫，……請囑防關將，
慎勿學哥舒。」對於干戈危亂的傷痛與辛勤備官，勸勉從事的態度，
二者的確相當類似，這類作品確實在展讀之餘，令人不禁聯想到杜甫
悲惋情韻。胡應麟《詩藪》也盛讚傅與礪深得老杜遺風云：「元人力
矯宋弊，故五言律多草草，無復深遠，虞、楊聞法王、岑而神骨缺乏。
范、揭時參草、孟，而天韻疏。新喻、晉陵二字，稍自振拔，雄渾悲
壯，老杜遺風，有出四家上者。」又題其〈壽陳景讓都事四十韻〉詩，
曰：「風骨蒼然，多得老杜句格。」〔註34〕

　　此外，吳萊、范梈等都曾被視為得杜甫氣骨。《詩藪》云：「吳立
夫學杜，大篇氣骨可觀，而多奇僻字。」清江楊翬云：「文白先生詩
性情所宗，一以少陵為歸，海外諸作，杜之悲壯也。」〔註35〕文白先
生是范梈，其〈閩州歌〉以下確具老杜之悲壯。丁鶴年的家國之哀也
具杜公此類情形，翁方綱云：「鶴年齧血葬母，忠孝性成。其感夢、
遷葬諸什，悲痛沈鬱。異鄉清明一律，直到杜公」。〔註36〕我們在「詩
史精神」一章曾列舉其詩例，此不贅述。

　　由以上可知元人學李杜者，以肖杜為多，而肖杜之章法律格不及
肖杜之悲壯情韻之廣受矚目，元詩之近唐者情韻也，由此可證。

二、元詩之近於長吉、飛卿、義山者

　　上節中我們曾結論元詩近唐在表現手法之多比興，尚意象，屬直
感式的創作，且辭采華贍豐腴，這就是唐詩之韻；在情志內涵方面，

〔註34〕見《元詩記事》卷十五，頁 340 及頁 345。
〔註35〕同註 22 頁 314，頁 291。
〔註36〕同註 20 頁 4。

多情語，緣情綺靡之風多於敘述說理之趣，這就是唐詩之情，因此元詩近唐，也必以此爲主調，我們在近李杜之作中或許尚不能感受到這種唐詩情韻，在近晚唐長吉、飛卿、義山之作中則可以一覽無餘。

說到元詩具中晚唐風貌者極多，如清・闕名《靜居緒言》云：

> 李長吉一派，至元人而極盛，大家小戶，無勿沿習，樂府歌行，時時流露。

又云：

> 元詩具得唐人辭致，然拉雜拖沓，乏翦裁之工，其合度處殊近中晚唐。〔註37〕

朱庭珍《筱園詩話》卷一：

> 元人但逐晚唐，師飛卿、長吉二家，一代成風。〔註38〕

二人指出元詩之學晚唐樂府歌行，但只言以辭致近之，並未提到何人之作近中晚唐，也未分析近中晚唐詩風的具體內涵。明楊愼《譚苑醍醐》則專賞謝皋羽之近李賀詩云：

> 謝皋羽晞髮集詩皆精緻奇峭，有唐人風。

又云：

> 謝皋羽爲宋末詩人之冠，奇乎李賀歌詩，入其室而不蹈其語比之楊鐵崖蓋十倍矣。〔註39〕

楊愼在此指出謝皋羽詩入李賀之室而不蹈其語，換言之，即得其神而不求其貌。楊愼並指出楊維楨不及皋羽之近李賀。明胡應麟亦極稱謝皋羽詩之近李賀云：

> 謝皋羽歌行，雖奇邃精工，備極人力，大概李長吉錦囊中物耳。〔註40〕

楊維楨之近長吉也屢被述及。陳僅《竹林答問》云：

> 鐵崖詩史小樂府，欲拔奇於千載以下，其實只是李長吉耳。

〔註37〕見《清詩話續編》頁1650。
〔註38〕同註23頁2330。
〔註39〕見《藝藪談宗》卷二。
〔註40〕見《元詩紀事》頁712所引胡應麟語。

〔註41〕

延君壽《老生常談》云：

> 楊鐵崖詩，讀之能開人聰明，長人神智，長吉後不可無此
> 以繼之也。如鴻門會、媧皇補天謠、龍王嫁女詞等作，直
> 追長吉而無愧色。余尤愛讀其殺虎行一首，大有短兵相接
> 之勢，奇險非常，尤足發人才思。〔註42〕

二人讚賞鐵之作類長吉者皆為樂府，如〈鴻門會〉、〈媧皇補天謠〉、〈龍
王駕女詞〉等，延君壽則特賞〈殺虎行〉詩云：

> 夫從軍，妾從主。夢魂猶痛刀箭瘢，況乃全驅飼豺虎？拔
> 刀誓天天為怒，眼中於菟小於鼠。血號虎鬼冤魂語，精光
> 夜貫新阡土。可憐三世不復仇，泰山之婦何足數！

此詩之情韻似長吉，如「夢魂」、「血號」、「精光」之辭彩與詩境皆類，
但全詩之氣韻頓挫又非長吉所及，這是「鐵崖體」或以為出於中晚唐
之上的原因，〔註43〕觀其〈鴻門會〉一詩尤為詭峭：

> 天迷關，地迷戶，東龍白日西龍雨，撞鐘飲酒愁海翻，碧火
> 吹巢雙契觿。照天萬古無二，殘星破月開天餘。座中有客天
> 子氣，左股七十二子連明珠。軍聲十萬振屋瓦屋，拔劍當人
> 面如赭。將軍下馬力拔山，氣卷黃河酒中瀉。劍光上天寒彗
> 殘，明朝畫地分河山。將軍呼龍將客走，石破青天撞玉斗。

此詩「龍雨」、「愁海」、「碧火」、「石破青天」等情境險峭詭譎，形似
長吉，然其氣格則出老杜，以長吉之手法，寫老杜之神氣，翻成楊維
楨詩史樂府的特色。然及楊維楨等長吉風格之詩畢竟一味幽峭，而短
於深情之悲。

　　此外貫雲石、張光弼亦有詩家指為近李商隱、西崑者，如李日華
《恬致堂詩話》卷一云：

〔註41〕見《詩問四種》頁309，齊魯書社1985年版。
〔註42〕見《清詩話續編》頁1808。
〔註43〕徐師曾《師友詩傳續錄》卷八載漁洋老人答詩問云：「元詩如虞道園，
　　　　便非晚唐可及，楊鐵崖時涉溫李，其小樂府亦過晚唐。」見《百種
　　　　詩話類編》頁1520。

> 元貫雲石號酸齋，風流跌宕，人知其工小詞樂府，而不知
> 其歌行奇詭激烈，即盧玉川、李商隱不是過且翰筆瀟灑雄
> 崛，無勝國軟熟之習。

貫雲石詩集不存，只《元詩選》二集錄其《酸齋集》三十餘音，其〈桃
花巖〉、〈美人篇〉爲遊仙詩，與李商隱「神女生涯原是夢，小姑居處
本無郎」「蓬萊此去無多路，青鳥殷勤爲探看」等託於神仙之思者相
近，又〈君山行〉〈畫龍歌〉等，託於神仙道語，蓬萊瑤池等神話者，
亦近義山手法。〈君山行〉云：

> 北溟魚背幾千里，負我大夢遊弱水。蓬萊隔眼不盈拳，碧
> 海香銷吹不起。茜裙女兒懷遠遊，遠人不歸明月羞。寶釵
> 錧鬒翠欲流，鳳鬟十二照暮秋。女媧煉石捕天手，手拙石
> 開露天醜。瓊樓玉宇亦人間，直指示君君見不。斯須魚去
> 夢亦還，白雲與我遊君山。

此詩在遣辭、摹境、用典等都極類義山，且典麗繁縟也有義山「瀨祭」
之跡，是元人之善學李商隱者。然其辭采又有幾分似長吉，特別是「女
媧煉石」一句，極類長吉「女媧煉石補天處，石破天驚逼秋雨」之句，
可見其脫化自晚唐的痕跡。

至於張光弼詩，翁方綱論曰：

> 張光弼之詩，竹垞謂其派出西崑，未免過於穠縟。然其筆
> 勢，卻自平直。〔註44〕

翁方綱之意以爲朱竹垞將張光弼派分爲西崑似有過之，因光弼之詩無
西崑之穠縟，其筆勢自然平直。這點倒是深得我心，翻檢張昱《廬陵
集》中除竹垞取入《明詩綜》的〈白翎雀歌〉一首稍穠麗外，餘皆淒
清典麗，無繁縟之感。如〈過歌風臺〉詩云：

> 世間快意寧有此，亭長還鄉作天子。沛宮不樂復何爲，諸
> 母父兄知舊事。酒酣起舞和兒歌，眼中盡是漢山河。韓彭
> 受誅黥布戮，且喜壯士今無多。縱酒極歡留十日，感慨傷
> 涕沾臆。萬乘旌旗不自尊，魂魄猶爲故鄉惜。從來樂極自

〔註44〕見翁方綱《石洲詩話》卷五，收於《百種詩話類編》前編頁704。

生哀，泗水東流不再回。萬歲千秋誰不念？古今帝王安在
哉！莓苔石刻今如許，幾度秋風瀕陵雨。漢家社稷四百年，
荒臺猶是開基處。

此詩瞿宗吉云：「豪邁跌宕，雅與題稱。」〔註45〕事實上除首二句尚
稱豪邁外，餘皆平直而無義山情思。

　　元詩中另一曾被指為晚唐詩風的作家為薩都剌，翁方綱云：

薩雁門京城春莫七律，太像小杜。雁門詩多如此者，然似
此轉非善學小杜，不過大致似之耳。〔註46〕

我們以翁方綱所舉的〈京城春日〉一詩來看：

燕姬白馬青絲韁，短鞭窄袖銀鐙光。御溝飲馬重回首，貪
看楊花飛過牆。

此詩中之小杜風神依稀可見。

　　由上可知，元人之近唐實以中晚唐綺艷之風為主，這類作品之
多，過於近李杜等詩，元人普遍詩風轉為綺艷，這點我們將於「詞化
風格」一章中細論之。

三、其他自然詩、宮詞等之近於唐者

　　元詩中最近於唐者為自然詩、宮詞及艷體之作，然自然詩不及
王、孟，只類韋應物，宮詞則仿唐調，艷體則類晚唐。元之自然詩以
倪瓚最為秀峻，王世貞云：

倪雲林詩法韋蘇州，思致清遠，能道不喫煙火食語。昔人
言韋蘇州鮮食寡欲，愛掃地、焚香而坐，雲林實類之，蓋
不但其詩之酷似而已。〔註47〕

倪瓚詩清幽出塵，我們在「言志」一章中列舉已多，此不贅舉，而王
世貞此論倪瓚兼及其人皆切韋蘇州風貌，大抵能一語切中其實。至如
宮詞，元人之作極多，惟王叔明宮詞曾為吳景旭許為「此唐人得意句

〔註45〕見《元詩選》初集，頁 2062 之附註。
〔註46〕見翁方綱《石洲詩話》卷五，見《百種詩話類編》前編頁 1123。
〔註47〕王世貞《藝苑巵言》，收於《藝叢談宗》卷五，廣文 1972 年版。

也」，〔註 48〕王叔明又為洪武初年人士，這是明清詩家對元詩蔑視之一端。事實上翻檢元集，元人之宮詞多能得唐人之氣象，張昱之〈宮中詞〉二十一首，迺賢〈宮詞八首次偰公遠正字韻〉，柯九思〈宮詞十五首〉、薩都剌〈四時言詞〉、〈春詞〉等等，皆清麗可頌。近人有《遼金元宮詞》一書，蒐羅廣多，此不贅舉。〔註 49〕至於艷體之作如楊維楨〈香奩八詠〉胡應麟以為奄有劉禹、李賀、溫庭筠、韓偓四家之特色。〔註 50〕亦可見一斑。

　　以上種種，可知元詩在藝術風格上與唐相近，尤其是晚唐綺艷之風的再現，然前人論述皆為直觀，不敘原委，以上所舉亦循前人之論而來，其實觀元詩之近唐者，宜從興象比興、華贍辭采及緣情綺靡三方面來看，唐詩含蓄沈著，氣象廣闊，情意深長，元人或者不及，然元詩之體物流覽，興象寓情，作風實類唐人。譬如《元詩紀事》集何太虛句如：

　　　　○聊隨碧溪轉，忽與白鷗逢。
　　　　○小雨十數點，淡煙三四峰。
　　　　○落葉半藏路，清風時滿溪。
　　　　○寒沙梅影路，微雪酒香村。
　　　　○湖雪殘波岸，船燈獨夜人。
　　　　○西風一夜雨，丹桂滿林花。

陳衍並引《蠶尾集》語，謂何中「善五言詩如云云，皆有唐境」〔註 51〕所謂「唐境」即體物興象形成的詩境，觀前列各聯詩境確實有唐人風致，而幽情婉轉綺麗，也絕似唐人。又盧琦詩，《元詩紀事》中亦輯其句云：「元詩多纖弱，若圭齋者，實有唐調者也。」〔註 52〕今觀其句云：

　　　　○嵐氣滿林晴亦雨，溪聲近驛夜如秋。

〔註 48〕吳景旭《歷代詩話》卷七十一，頁 19。
〔註 49〕《遼金元宮詞》北京古籍出版社 1988 年版，不著輯錄者。
〔註 50〕陳衍《元詩記事》卷十六引胡應麟《詩藪》云：「夢得竹枝，長吉錦囊，飛卿金釜，唐人各擅。至老鐵乃奄四家有之。」
〔註 51〕陳衍《元詩記事》卷十二。
〔註 52〕同註 38 卷十九。

　　○湖生遠浦孤帆小，雨過蒼崖古木寒。

　　○小橋跨澗村春急，老樹吹花野店香。

　　○暮雲松徑僧歸寺，夜雨逢窗客在船。

　　○門掩落花春去後，夢回殘月酒醒時。

　　○梧葉幾番深夜雨，梅花一樹短籬霜。

由這些佳句之麗景幽情中，我們亦足以體會唐詩情韻，前引胡應麟說
「蹈元之轍，不失爲小乘」，元詩爲「唐調」之小乘聲聞辟支佛，由
此可以味之。《詩藪》又云：「近體至宋，性情泯矣，元之才不若宋之
高，而稍復緣情，故元季諸子，即爲明代先鞭。」元詩緣情綺靡，使
詩歌於枯槎理趣中返回情韻豐腴的唐調，對明代詩壇厥功至偉，於詩
之正典麗則亦有助焉。

第三章　模擬風氣之開展

　　模擬意指模仿和擬作，在中國詩歌史上，模擬之意等同於師古、法古、宗古，而且帶有因襲蹈復缺乏新意的貶責意味。然而自漢魏以來即有擬古之作，〔註1〕人或稱「復古」或稱「擬古」，不以模擬言；降自明代前後七子襲古師古諸作才飽受評擊，視爲模擬剽竊，其主要的原因在於復古能否開新，師古能否獨出己意的徵結上。本章名爲「模擬」已具貶責之意，然而元詩之模擬終究不因傳統典範而掩個人才性，不因模擬而刻限於技巧法度，因此較少受到非責，而明詩之斤斤規矩，步趨唐人者，則眞正使詩歌走到創作的死胡同裡。本章將藉模擬與復古主張的考索，來探究詩歌復古與開新的問題，一以蠡測元詩擬古的風貌，一以察明代模擬詩作之前導。

第一節　模擬與復古主義

　　詩歌的模擬風氣始盛於明，詩歌的復古主義卻早在唐代即已開始。一般以爲詩體創於唐、變於宋，宋人詩話多，是復古的開端，〔註2〕其實陳子昂時代，面臨古調與唐音之間，已起了一次詩學的

〔註1〕從逯欽立所編的《先秦漢魏南北朝詩》中可以看出魏即有以樂府古體製新詞的狀態，晉時即有擬作者，如陸機〈擬行行重行行〉等擬古詩十九首之作。

〔註2〕近代學者多把明代復古説直接上承於宋嚴羽，如方孝岳《中國文學

省思。

詩之古體正宗應上溯漢魏，六朝以降至南朝而紛靡，這點明人議論最多，[註3]唐時陳子昂的復古主張早已明示此意。陳子昂復古不限於詩，但其論古詩以漢魏風骨及興寄爲尚的看法則明著於〈與東方左史虬修竹篇敘〉一文中云：

> 文章道弊五百年矣！漢魏風骨，晉宋莫傳，然而文獻有可徵者。僕嘗暇時觀齊梁間詩，采麗競繁，而興寄都絕，每以永歎！竊思古人，常恐逶迤頹廢，風雅不作，以耿耿也。

李白〈古風〉詩首章亦云：

> 大雅久不作，吾衰竟誰陳，王風委蔓草，戰國多荊榛……，自從建安來，綺麗不足珍，聖代復元古，垂衣貴清眞。

〈古風〉卅五章又云：

> 醜女來效顰，還家驚四鄰，壽陵失初步，笑殺邯鄲人。一曲裴然子，雕蟲喪天眞。

從二人的感歎中，隱然可以看出時人模擬齊梁，拘束聲律，喪失雅頌及漢魏的「天眞」與「風骨」的風潮。這是詩歌歷史上首宗復古論，也是模擬之後的反模擬論。其復古實爲當時開創新局，使詩歌有更崇高的典型，所主張的是風格之元古天眞，而不是音韻文藻之回歸古人。然而這點陳李二人與杜甫又有些不同，杜甫主張「王楊盧駱當時體」「縱使盧王操翰墨，劣於漢魏近風騷」（〈戲爲六絕〉），杜甫對當世沿襲齊梁的風潮並不覺得不妥，他的態度主要是「別裁僞體親風

批評》頁150，認爲宋濂論摹仿，高秉別體制審音律是「上承嚴羽滄浪一縷清芬而發作於這個時代」。北京三聯書店1986年版。其他論者多認爲唐詩體完備後，宋人以「詩話」辨之，是模擬或復古的形態。

[註3] 首度涉及「古體」思考者爲唐之陳子昂、李白，宋人則廣泛論及各體，但對南朝詩亦多不取。至明代，明白揭示「古詩」與「唐古」之不同，如李攀龍〈選唐詩序〉云：「唐無五言口詩而有其古詩」。李夢陽《空同集》〈缶音序〉亦云：「詩至唐，古調亡矣，然自有唐調可歌詠。」胡應麟《詩藪》也說：「五言盛於漢，暢於魏，衰於晉宋，亡於齊梁。」凡此，都可看出古體的正宗論。

雅，轉益多師是汝師」，這一來，陳李二人復古論的「古體正宗」概
念更被明白地凸顯出來，雖然「古體正宗」一詞到明代才有，但陳李
二人心中確實存在著古體以漢魏及風雅爲正宗的概念。

　　唐代的詩學復古論主要針對古體，律體成形要在中晚唐，特別是
七律成熟最晚，到李商隱時才較周延，此時詩體的形態、風格已臻完
備，唐以後的詩人很難有獨創一格的機會，因此入宋後，詩歌體製風
格的問題又引起廣泛的反省。

　　嚴羽《滄浪詩話》云：

> 風雅頌既亡，一變而爲離騷，再變而爲西漢五言，三變而
> 爲歌行雜體，四變而爲沈宋律詩。

嚴羽在明白雅頌詩亡之後，各體自有不同，乃「變」而來，因此以禪
家者流論學詩之次第，特別推崇漢魏晉與盛唐，他說：

> 論詩如論禪，漢魏晉與盛唐之詩則第一義也，大歷以還之
> 詩，則小乘禪也，已落第二義矣，晚唐之詩則聲聞辟支果
> 也。

在一番辨體之餘，嚴羽主張「以漢、魏、晉、盛唐爲師，不作開元、
天寶以下人物。」〔註4〕這儼然又是一波復古論。宋代這一類分辨體
製師法古人的論調俯拾可得，但未有如嚴羽如此固執的口吻。因此嚴
羽此論易被歸入啓導明代復古思潮的先河。〔註5〕

　　宋人雖無明顯的復古論，但師法古人的說法及作法倒是普遍存
在。如許顗《彥周師話》認爲作詩欲去鄙陋之氣當以李商隱爲師云：

> 熟讀唐李義山詩，與本朝黃魯直詩，而深思焉，則去也。

吳可《藏海詩話》卷三亦云：

> 學詩當以杜爲體，以蘇黃爲用。

「熟讀唐詩」、「以杜爲體」之類，語意都指師法古人。黃山谷的奪脫
換骨法更是師法古人的名論，《冷齋夜話》裡曾述及山谷詩法云：

> 山谷言詩意無窮而人才有限，以有限之才追無窮之意，雖

〔註4〕以上引文見《滄浪詩話》卷。
〔註5〕如註2引方孝岳之說可知。

> 深明少陵不得工也。不易其意而造其語，謂之「換骨法」，
> 規摹其意形容之，謂之「奪胎法」。

這種在「意」與「語」之間求古人神貌的作法，其實可名之爲「模仿」，去「模擬」已不遠矣。郭紹虞《中國文學批評史》上卷將北宋歸入文學觀念復古期之二，何嘗不是這種廣義的復古觀。劉若愚《中國詩學》特闢「模倣的強調：黃庭堅」一節，指出：「宋代形成了各種詩人的派別，而每一派專心效力於模仿某一個唐代詩人：香山派模仿白居易，西崑派模仿李商隱，晚唐派模仿賈島，昌黎派模仿韓愈。……宋代詩人黃庭堅可稱最大模仿者。他主要地模仿兩個詩人：陶潛和杜甫。」﹝註6﹞這種說法適足以凸顯復古主義的多元內涵。

眞正被譏爲模擬古人，成爲優孟衣冠的是明代前後七子之流，而肇其端的是宋濂、高啓等人之復古思潮。宋濂論詩針對楊維楨「鐵崖體」之浮艷詭譎，主張欲救其弊惟有師古，其〈答章秀才論詩書〉云：

> 近來學者，類多高自操觚，未能成章，輒闊視前古爲聖物，
> 且揚言曰：曹劉李杜蘇黃諸作，雖佳不必師。……然謂其
> 皆不相師可乎？……其上焉者師其意，辭固不似，而氣象
> 無不同，其下焉者師其辭，辭則似矣，求其精神之所寓，
> 固未嘗近也，然唯深於比興者，乃能察知之耳。(《宋學士全
> 集》卷六)

這段話不僅強調師古的重要，且列舉師古的方式，有「師其意，辭固不似，而氣象無不同」有「師其辭，精神寓之」，說明宋濂復古旨在求詩之氣象與精神，而方法同山谷一樣有「意」與「辭」的不同。《朱子語類》卷一三九曾云：「古人作文作詩，多是摹仿前人而作之。蓋學之既久，自然純熟，由此可見，北宋詩家及明代宋濂等人這種師古人「辭」與「意」的作法，其實都爲了達到自然純熟的地步，也就是宋濂所謂「古之人，其初雖有所沿襲，末後自成一家言」，這明示了

﹝註6﹞見劉若愚《中國詩學》頁122，幼獅985年五版。同樣的論調見於柯
　　　　慶明《中國古典詩的美學性格》一文，收於《中國美學論集》一書
　　　　頁187。

復古實爲開新。然而宋濂有更具體的方法論，〈劉兵部詩集序〉云：

> 才稱矣，非加稽古之功，審諸家之音節體製，不能有以究
> 其施。（《宋學士文集》卷六）

宋濂這種「審諸家音節體製」的說法正是前後七子全力奉行的重心，也是明詩無法開新的牢籠。

另一個開啓明代詩壇的重要人物高啓亦主張：

> 必兼師眾長，隨事摹擬，待其時至心融，渾然自成，使可
> 以名大方。（《高青丘集》卷〈獨庵集序〉）

但我們觀察高啓諸作，模擬中自有精神意象。四書總目之論云：「高啓天才高逸，……擬漢魏似漢魏，擬六朝似六朝，擬唐似唐，擬宋似宋，凡古人之所長無不兼之，……然未能鎔鑄變化，自爲一家，……特其摹仿古調之中自有精神意象存乎其間。」高啓的詩作頗受明清人推重，然其擬作，確實存在這種現象。可見復古之與開新之間的確存在極大的困難。

明代前後七子詩必盛唐的固執之見，在高棅《唐詩品彙》完成時已起了端緒，〔註7〕高棅品唐詩特重聲律興象文詞理致。《唐詩品彙》總序云：

> 至於唐聲律興象文詞理致，各有品格高下之不同。

《唐詩正聲》凡例云：

> 情與聲皆非正也，失詩之旨。

這裡顯見高棅師古要求從聲律到詩之情感要得古人氣象，與宋濂高啓無異，但高棅創作之宥於古人，比高啓更下。已是不爭的事實。這一類的論調在前後七子的身上更見拘泥，李夢陽〈答周子書〉云：

> 文必有法式，然後中諧音度，如方圓之於規矩。（《空同集》
> 卷六十一）

李夢陽將模仿古人宥限於音韻格律上，較嚴羽之求唐人興趣，已流爲

〔註 7〕參見蔡瑜《高棅詩學研究》論高棅選詩的動機。台大中研 1984 年碩論，頁 45、115。

末節。因此李夢陽本人的創作格局終不免於「模擬剽竊」之譏。《明史・文苑傳》論之：「華州王維楨以爲七言律自杜甫以後善用頓挫倒插之法，惟夢陽一人。而後有譏夢陽詩文者則謂其模擬剽竊，得史遷少陵之似而失其眞云。」謝榛《四溟詩話》詳載了他與後七子往來之間談論詩藝時的「楷範」問題，謝榛主張「歷觀十四家所作，咸可爲法。……熟讀之以奪神氣，歌詠之以求聲調，玩味之以裒精華。得以三要，則造乎渾淪，不必塑謫仙而畫少陵也。」可見前後七子之擬古已到了「塑謫仙畫少陵」的地步。明清兩代許多詩家對這兩種作風都深表厭棄，王世貞評李夢陽「不能厭服眾志」，評李攀龍「看則似臨摹帖耳」，胡應麟則譏其「趨步形骸」「割裂餖飣」、吳喬評爲「木偶被文繡」，此外如袁宏道指爲野狐外道，葉燮譏爲「優孟衣冠」等等，不勝枚舉，〔註8〕「模擬」一詞至此已完全等同於貶責之意。

　　綜上所論我們可以看出，在《中國詩學》的復古思潮裡，陳子昂等是求寄興高古而師法古人之天眞；嚴羽是求唐人的興趣及氣象，山谷始著力於法，但求的是「意」；明代師古始於求氣象，終落入辭氣格律之追逐，而貌似神遺。從這裡我們可得到一個結論：模擬古人本是後代詩人追求詩歌藝術正典化〔註9〕的手段，但有人流於技巧之營刻，有人追求精神之領悟，高下各有不同。宋人學唐而能變化出新，明人卻蹈襲窠臼，這中間間隔的元代，應可看出承接的端倪，元人的復古主張我們已詳考於前，〔註10〕而且元人編選唐集及大量的擬古作品，似乎也提供這方面的線索，有關元人模擬的風氣，實在是一值得考察的範疇。

〔註 8〕見王世貞《藝苑卮言》頁 1045、《藝圃擷餘》頁 778、胡應麟《詩藪》頁 340、吳喬《圍爐詩話》頁 472、袁宏道《袁中郎全集》卷三〈敘小修詩〉、葉燮《原詩。內篇上》等。

〔註 9〕「正典化」（canonization）一語得自陳國球《唐詩的傳承》一書，學扛書局 1990 年版。陳氏此書對明代復古《詩論》有關七律正典及古體正宗的考索頗有創發，本節論述先從詩體入手，得其啓示。

〔註10〕有關元人的復古論詳見緒論「元代的詩學主張」中。

第二節　元詩的模擬傾向

　　郭紹虞《中國文學批評史》下卷說:「唐代文學之成功在於『創』,有特創的風格,同時也多特創的體製。到了北宋,已無可復創,於是又重『變』,欲於古人的範圍以內,仍能流露他的才性。至南宋則無一而非『襲』。」〔註11〕郭氏此說雖未限於詩,但用於詩歌歷大的觀察,亦正貼合。詩歌在唐代已諸體具備,宋人在襲中求變,以創其貌,但就詩歌純美典型的格律神韻等等要求,元明以後的人似乎只有沿襲的份,這就是元詩有模擬傾向的原因,然而元人終於規模往局,而出以時代憂思,文藝思潮等涵濡,明人之模擬則一味剽竊,為詩家所垢病。元詩介此承轉階段,究竟有多少模擬成份,實在值得一一窺究竟。

　　考察元代模擬風氣要從三方面入手,一為元人之師古論;二為元人追和前人及擬古之作;三為潛藏在師作之中的詩法、字句、神韻等等。

　　以師古的論見來說,我在緒論中已言及《元代詩學》的復古主張,這裡我們將進一步看元人論師古的步驟及方法。學師誠如元揭傒斯所云:「初學必須步步要學古作為樣子模寫之,如學書之臨帖也,歲月久自然聲韻相合於古矣。」〔註12〕但這種臨模方法,究竟以什麼時代為典型,學習其那些方法,卻都是值得討論的。大抵元人都主張學詩騷、漢魏、盛唐。如楊仲弘云:

> 今之學者倘有志乎詩,且須先將漢魏盛唐詩詩,日夕沉潛諷詠,熟其詞,究其旨,則又訪諸善詩之士以講明之,若今之治經,日就月將而自然有得,則取之左右逢其源,苟為不然,吾見其能詩者鮮矣。〔註13〕

〔註11〕郭氏之原文見於該書下卷頁 2～5。郭紹虞同時也指出元人在文學風氣有趨向於新興處,但郭紹之言似特指「曲」這一方面。

〔註12〕見明朱紱所編之《名家詩法彙編》卷三,頁 77 所引之「名公雅論」。廣文 1973 年版。

〔註13〕同註2,頁 85《楊仲弘詩》。

吳澄〈孫靜可詩序〉云：

> 孫靜可詩甚似唐人，或者猶欲其似漢魏。夫近體詩自唐始
> 學之，而近唐至矣，若古體詩，則建安、黃初之五言、四
> 愁燕歌之七言，誠爲高品。（《吳文正公集》卷十三）

楊維楨〈無聲詩意序〉云：

> 詩之弊至宋末而極，我朝詩人往往造盛唐之選，不極乎晉
> 魏漢楚不止也。

楊彝〈子淵詩集序〉云：

> 蓋商周之詩，至漢魏而靡，漢魏之詩，自杜甫而定。學者
> 溯流而求之，舍是，宜非所先也。〔註14〕

王義山〈讀晚唐詩有感〉云：

> 學詩莫學晚唐詩，學得晚唐非盛時。願把鳧翳和既醉，翻
> 騰韻語作今詩。（《稼村類稿》卷一）

從以上各條資料可知，元人特重漢魏、盛唐，楊維楨極乎楚騷，楊彝
則提到商周，殆指詩經，而王義山特別指出學詩莫學晚唐。然理想與
事實終有差距，我們從上章「元詩近唐詩情韻」之考察得知元人終入
晚唐窠臼之中，清李重華《貞一齋詩說》云：「金元詩法，宗唐者眾，
而氣力總弱，亦風會使然。」〔註15〕足見詩體規模氣格至此已乏高格。
然而元人對這點卻時時自我警醒，期望於臨模中出己形貌，勿爲古人
下流。吳澄〈孫靜可詩序〉又云：

> 品之高，其機在我，不在乎古之似也。杜子美，唐人也。
> 非不知漢魏知爲古，一變其體，自成一家，至今爲詩人之
> 宗，豈必似漢、似魏哉？（《吳文正公集》卷十三）

趙贄〈玩齋集序〉云：

> ……嗚呼！詩道至宋之季，高風雅調，淪亡泯滅，殆無復
> 遺。國朝大德中，始漸還於古，然終莫能方駕前代者，何
> 哉？大率模擬之跡尚多，而自得之趣恆少也。

〔註14〕以上三條資料引自曾師永義編《元代文學批評資料彙編》頁 427、
610、636。
〔註15〕見丁福保《清詩話》頁 923。

楊維楨〈吳復詩錄序〉云：

> 古者人有士君子之行，其學之成也尚已，故其出言如山出
> 雲、水出文、草木之出華實也。後之人執筆呻吟，模朱擬
> 白以爲詩，尚爲有詩也哉？故模擬愈偪而去古愈遠。吾觀
> 後撫擬爲詩，而爲世道感也遠矣。……

楊彛〈子淵詩集序〉云：

> 國朝南北混一，宗工繼作，以中和雅正之聲，而革金宋之
> 餘習，學者非杜詩不觀也。然昧者剽剟，近似襲用。〔註16〕

由之可知，元代詩壇宗匠對元人模擬之跡深以爲憂，故而吳澄提出「其
機在我」的看法，楊維楨則繼之「其學之成也尚已」，想藉以變古作
今，復求高格。

　　最容易顯出模擬痕跡的是追和古人及擬古傚古之作，潛藏在詩作
中的詩法模習，字句脫換，或神韻肖似，終不易一眼察覺，而且師古
化今，亦很難定奪其溯跡古人者，唯仿製其體，追和其題者，最能直
接舉證，以下我們將依元人所師習的三階段對象分別列之，藉以略窺
元詩步驟前人的得失。

一、詩騷體裁之模擬

　　在元人擬古傚古的作品中，漢魏及唐體爲多，詩騷的模仿其實少
之又少，但約略仍有少部份痕跡，譬如四言久作，有極類詩經者，如
吳皋《吾吾類稿》有四言詩二題，〈答穆文學代竹言〉一章則頗有雅
頌風格，詩云：

> 猗猗青筠，翳於崇岡，羃羃繁陰，媚彼飛凰，有美君子，
> 德音孔彰，樵彼斧斯，斳苗芺萱，永貞是保，爰底于昌。（《吾
> 吾類稿》卷一）

此詩雖爲新題，但句法與風格絕類小雅。傅與礪詩集中亦有四言作品
二題，〈吉月美君子有德以壽也，正月二十日壽揭學士〉之首章云：

〔註16〕以上四條資料分別見曾師永義編《元代文學批評資料彙編》頁 427、
　　　　610、636、637。

> 吉月之正，日既陽止，君子之生，辰亦昌止，天錫之德，
> 孔茂且植，
> 允善弗易，君子之福。（《傳與礪詩集》卷一）

此題有四章三章章八句，一章章十句，作品實爲祝瑕應酬之作。

以上二詩都極肖似詩經，但亦有四言而近漢魏者，如虞集〈致堂堂詩〉云：

> 翼翼新堂，有閭有房，夫人來居，既安既舒，既好既寧，
> 載煥載清，言于門，以寫我誠。……（《道園遺稿》卷一）

虞集詩風清麗，缺乏古體之質樸，雖倣詩經，其實乃類漢魏詩。

楚辭體裁的模仿，在元集中亦有一、二，如劉因〈白雲二章〉之二云：

> 白雲高飛兮杳木不可尋，靈風長往兮聲不在乎幽林，皎月
> 東生兮忽西沈，玄鶴何逝兮遺之音，子思未及兮實懷我心，
> 儵萬里兮捐所歆，曠同遊兮啓雲襟，子母歸來兮山幽水深。
>
> （《靜修集》卷一）

此詩類〈招魂〉，但形似而已，精神與屈原並不相類。傳與礪也有擬楚辭三題，〈楚漁父渡伍胥辭劍圖歌〉云：

> 江有阻兮路有歧，時將迫兮來何遲，子弗渡兮我心悲。既
> 渡子兮我何以劍爲，嗟行兮子毋我疑。（《傳與礪詩集》卷二）

亦形似騷體而已。元人集中卷首常置詩騷及漢魏古體之擬作，但詩騷之體極少，不過一、二首而已，可見楊維楨雖云「極乎晉魏漢楚」，實際元人製作極少，而且藉借古製以寫新意，並非詩騷亦步亦趨之作。

二、漢魏古詩之模擬

模擬詩騷並非元人才有，早在魏晉即有詩經及騷體之遺風，同樣地，模擬漢魏古題，也並非元人才有，早在唐人就有沿襲古題之作，因此唐元稹〈樂府古題序〉嘗云：

> 沿襲古題，唱和重複。於文或有短長，於義咸爲贅剩，尚

> 不如寓意古題，刺美見事，猶有詩人引古以諷之義焉。曹、
> 劉、沈、鮑之徒，時得如此，義復稀少。近代唯詩人杜甫
> 〈悲陳陶〉、〈哀江頭〉、〈兵車〉、〈麗人〉等，凡所歌行，
> 率皆即事名篇，無復倚旁。（《元氏長慶集》卷廿三）

元稹指出依傍古題易流爲擬古而贅剩其義，缺乏新貌，不如率事名篇，
這是元白新樂府的主張，這點元人多能做到，如戴表元之〈秋蟲歎〉、〈赤
泥嶺行〉，王惲之〈義俠行〉、〈滹沱流澌行〉等等，但元人亦有不少依
傍古題的作品，漢魏樂府、民歌及和陶古詩最多，仿古詩十九首者亦有
之，如黃溍〈效古五首〉留有古詩〈上山採蘼蕪〉之形貌，其一云：

> 上山見明月，下山月相隨。月豈知愛我，我行自見之。
> 故山日以遠，故人不可思。殷勤謝明月，願爾無時虧。（《日
> 損齋稿》）

此詩除形似外，精神已不相類。貢師泰〈擬古二首〉也是模擬漢魏古
詩之作。其一云：

> 東南有佳人，遠在水一方。綺疏粲飛樓，曲闌圍洞房。意
> 態閒且靚，氣若蘭蕙芳。纖阿揚姣服，雜佩懸明璫。流風
> 回皓雪，明月舒其光。白面誰家子，錦鞍青絲韁。翩然一
> 見之，下馬立中堂。可望不可即，五采盛文章。

元人以〈擬古〉爲題的作品不少，如馬祖常〈擬古〉有「長安青
雲士」「驅車上疾坡」二詩，安熙有〈擬古次韻六首〉余闕有〈擬古〉
「昔在西京日」「楊生仕三十縣」「昊天轉時律」三首，劉因有〈擬古〉
「孤蟾皓素色」「浮雲翳陽景」憶昔初讀書三首等等，皆爲擬古而不
定其題，可見是仿古詩音節而成，但擬古有擬題，有擬意，有擬形，
有擬神，元人這些作品至少都有刻意擬形題者，至於其神其意則往往
出於己，這與明人完全肖似的作風或許不同。除了題爲擬古外，也有
直指所擬之詩，如張昱〈擬古秋夜長〉者，或者於擬古中明次某人韻
者，如柳貫〈擬古次吳彥輝編修見寄韻〉等，吳皋《吾吾類稿》中擬
古詩的作品最多，有〈擬古七首〉、〈擬古雜詩十二首〉、〈雜詩四首〉、
〈擬古十首次釗聞廷韻〉（見《吾吾類稿》卷一）等等，擬作數量在

諸家之上。朱西晫顏《瓢泉吟稿》中有〈擬古十九首〉，全用漢古詩十九首首句領詩，如其一、二首云：

> 行行重行行，道路阻且脩。遊子日已遠，緩帶令人愁。
> 鴻征尚投塞，狐死亦首丘。物微胡不爾，況在人情不。
> 富貴豈不有，出處安可苟。髮白不再玄，舊遊骨應朽。
> 願勖瓜李心，爲君報瓊玖。
> 青青河畔草，悠悠陌上塵。春風日飄轉，變故復變新。
> 昔爲閨中嬰、朱樓敞十二。芳妍奪主情，列屋不成媚。
> 今爲蕩子妻，空床伴憔悴。傷哉蒲柳姿，膏沐不能理。

此二詩與〈古詩十九首〉中原題對照，則可知朱晫顏用其題而不用其意，「青青河畔草」一首尚留原詩部分意旨，「行行重行行」則完全寫自己出處的志節，可見元人擬古諸作不過肖其形貌而已。

擬古樂府及民歌者極多，如傅與礪〈戲效子夜歌體六首〉、〈古楊花怨〉等，頗能留存吳歌西曲的民歌韻味，宋褧《燕石集》中〈追和何謝銅雀臺妓〉、〈秋弦怨〉、〈漢宮怨〉、〈兩頭纖纖〉、〈戰城南〉、〈擬古辭寡婦歎〉等，都是擬樂府古題，亦擬古意者，宋無《子虛翠寒集》中的〈烏夜啼〉、〈公無渡河〉、〈戰城南〉、〈公莫舞〉、〈長門怨〉、〈枯魚過河泣〉、〈妾薄命〉等，則用古題寫新意新聲，除保留原題本來主要的情韻外，音節、意旨完全不相同。譬如其〈戰城南〉云：

> 漢兵麈戰城南窟，雪深馬僵漢城沒。凍指控絃指斷折，寒
> 膚著鐵膚皸裂。軍中七日不火食，手殺降人吞熱血。漢懸
> 千金購首級，將士銜枚夜深入。天愁地墨聲啾啾，鞍下髑
> 髏相對泣。偏禈背負八十創，破旗裹尸橫道旁。殘卒忍死
> 哭空城，露布獨有都護名。

此詩純爲七言古詩，無樂府形貌與漢鼓吹曲辭之〈戰城南〉之長短雜言的天然音韻完全不同，然寫戰征之苦，野死不葬，篤馬悲鳴的苦痛則相類。可見元人擬古題除擬題擬意之外，有擬題不擬意，擬意不擬題等種種不同。其實元人廣泛的樂府古題都如元稹所云：「即事名篇，無復倚傍」者，即如周權之〈古樂府〉〈古別離〉、張雨之〈效隱居擬

古樂府寒夜愁〉等，雖題著「古」著「擬」，其實皆仿樂府歌行之氣韻參差，自然賦寫者。許多歌行如郝經〈江聲行〉、〈江梅行〉、〈後聽角行〉等等，全爲即事名篇而類古調之作，非有古題古調也。

　　和陶的作品極多，我們在「隱逸思想」中已論及不少，此處再撮舉一、二以資比較。郝經的〈和陶〉一一八首是繼蘇軾之後，最能完整和陶詩者，其〈和陶詩序〉云：

> 廣載以來，倡和尚矣。然而魏晉迄唐，和意而不和韻。自宋迄今，和韻而不和意；皆一時朋儕相與酬答，未有追和古人者也。獨東坡先生遷謫嶺海，盡和淵明，詩既和其意，復和其韻。追和之作，自此始。

由此可見，郝經主張和詩當和其韻又和其意，方得其神貌。今觀郝經諸作，如〈停雲〉一首題曰「思歸也」，然淵明〈停雲〉序云：「停雲，思親友也」，二者寫意略有不同，又如〈時運〉詩，郝經自題曰：「安命也」，然陶淵明原序云：「遊暮春也」，可見詩意又異。以神韻來看，二人的作品亦全然不類，譬如〈榮木〉一詩，陶淵明詩云：

> 采采榮木，結根于茲。晨耀其華，夕已喪之。人生若寄，憔悴有時。靜言孔念，中心悵而。（一章）
> 采采榮木，于茲托根。繁華朝起，慨暮不存。貞脆由人，禍福無門。匪道昌依，匪善奚敦。（二章）
> 嗟余小子，稟茲固陋。徂年既流，業不增舊。志彼不舍，安此日富。我之懷矣，怛焉內疚。（三章）
> 先師遺訓，余豈云墜？四十無聞，斯不足畏。脂我名車，策我名驥。千里雖遙，誰敢不至？（四章）

郝經詩云：

> 榮木青青，英華若滋。氣至而茲，人亦如之。變陽化陰，物各有時。無莫無適，夫道一而。（一章）
> 翳翳榮木，云云歸根。多華早落，幾何生存。大冶通達，乾坤爲門。深固有方，封植倍敦。（二章）
> 升聚退散，載美載陋。生基死涯，信新屈舊。大業弗藏，萬有自富。造物忘物，於焉有疚。（三章）

> 脩身事天，莫敢失墜。造次九思，局脊三畏。學聖造聖，
> 希驥則驥。純誠粹精，遂入獨至。(四章)(《陵川集》卷六)

二詩之間除韻腳相同外，音韻之變化，詞旨之內涵完全不相侔，陶詩
自然如行雲，帶有詩經及漢古詩遺風，文字之虛字實字完全依自然氣
韻流轉，郝經則多用實字，氣韻整齊。以內涵言，陶詩感人生如寄，
郝《詩論》聖學失墜，各寄其意，不相侔合。郝經之和陶，其實只和
其題目、其韻字而已。劉因之〈和陶〉多達七十六首，亦和韻而不和
意，雖以陶淵明之隱居生活為主題，但多頌淵明故事，如〈和歸田園
居〉云：「少小不能事，談笑論居山，為問五柳陶，栽培幾何年。」
〈和詠貧士〉云：「陶淵本強族，田園猶可依，我惟一宅，貯此明月
輝」等，皆因和韻而率強其詞，或因其人其事而反覆擬己，既乏原作
精神，也不易出己面貌。

郝經、劉因二人之和陶皆步驟其韻，強擬其意，實又復出己意，
張養浩和陶則擺落俗縛，完全按照自己的情意與音韻，其〈和陶詩序〉
云：

> 余嘗觀自古和陶者凡數十家，惟東坡才盛氣豪，若無所牽
> 合，其他則規規模倣，政使似之，要皆不歡而強歌，無疾
> 而呻吟之，此君子之不貴也。余年五十二，即退居農圃，
> 日無所事，因取陶詩讀之，乃不繼其韻，惟擬其題，以發
> 己意，可儗者儗，不可者則置之，凡得詩如干篇。既以袪
> 夫數百年滯泥好勝之弊，而又使後之和詩者得以揮毫自
> 恣，不窘於步武。(《歸田類稿》卷三)

張養浩之意主張和詩只擬其題就好，不必擬其意，也不必和其韻，這
個做法則完全非和詩原意，實出於己創。其實元人許多和陶之作多是
如此，如虞集之〈天曆戊辰前續詠貧士一首〉、〈後繼詠貧士三首〉、
程鉅夫之〈和陶詩〉、馬祖常之〈飲酒五首〉等等。

三、唐代詩體之模擬

以詩歌之整體來說，元人規步唐人最多，不僅律絕，其如古體

或專門類之宮詞、竹枝詞等等，元詩中處處都可看出唐人遺跡。明陳沂《拘虛詩談》云：「元人作詩全宗唐，其尖巧卑弱視晚唐亦太縣絕。」〔註17〕然而，這個說法似又太過，明徐師曾《師友傳續錄》曾引漁洋答詩問云：「元詩，如虞道園，便非晚唐可及，楊鐵崖時涉溫李，其小樂府亦過晚唐。」〔註18〕可見元人詩風大致在晚唐範疇，至於過於晚唐，或縣絕晚唐，則見仁見智了。有關元詩之唐風，我們在「唐詩情韻之發揚」一章已詳述之，這裡將就其擬唐而肖似者論之。其實善學詩者當如清葉燮所云：「先盡蕩其宿垢，以理其清虛，而徐以古人之學識神理充之。久之，而又能去古人之面目，然後近心而出，我未嘗摹擬古人，而古人且為我後。」（《原詩》內篇下）元人范梈亦嘗云：「詩貴乎實而已，實則隨事命意，遇景得情，如傳神寫照，自不致其重複套襲之患。」〔註19〕但能做到這點的終屬少數，元人大家不過郝經、劉因、姚燧、趙孟頫及虞、楊、范、揭諸公而已，即使大家如虞集，其〈竹枝詞〉仍難出劉禹錫之右，〔註20〕因此有不少作品仍留存唐人神貌，如馬石田〈壯遊八十韻〉篇幅與詩題、詩意似乎有擬杜甫〈壯遊〉詩的痕跡，〈上京迭李長吉〉一詩則明指學長吉體，觀其「龍沙秋淺雲光薄，畫羅宮衣侵曉著。」兩句則只具長吉之綺麗，而不具長吉之幽峭。〈河西歌效長吉體〉云：「茜根染衣光如霞，卻召瞿曇作夫婿。」其體貌也不類。宋無有〈無題效李商隱〉一首云：

> 妝淺鬢深憑綺疏，小郎新拜執金吾。絃中言語分明怨，裙上腰肢準擬扶。翠屨鴛寒慵鬥草，紅牙馬暖罷樗蒲。無人商略心頭事，潛向花間卜紫姑。（《子虛嘌嚘集》）

〔註17〕見四明叢書第四集《拘虛集》頁52，新文豐出版社。
〔註18〕見《百種詩話》頁1520。
〔註19〕見傅與礪《詩法正論》，收於明朱紱編《名家詩法彙編》頁166。廣文1973年版。
〔註20〕見翁方綱《石洲詩話》卷五，收於《百種詩話類編》前編頁917。翁方綱云：「虞伯生竹枝歌不減劉夢得。」

此詩艷體似晚唐，但精深絕不及義山。有些詩雖不言擬倣，也不用前
人詩題，但明顯有前人痕跡，如許有壬〈泠然堂〉：「有客有客衣翩躚」，
形似杜甫〈同谷七歌〉，我們在唐詩情韻一節已明白指出許多此類作
品。其他如〈竹枝詞〉、〈宮詞〉，也是元人仿唐體的大類，元末楊維
楨以〈竹枝詞〉倡和江南，從之者眾，其他如倪瓚、陳樵、虞集等都
有此題。〈宮詞〉則以柯九思、薩都剌領風騷，製作者亦多，其類唐
人者如貢師泰〈和馬伯庸學士擬古宮詞七首〉、馬石田〈擬唐宮詞十
首〉等深得唐人宮闈之趣。其他如唐元〈擬吳體〉（《筠軒集》卷六）
有老杜吳體一、二神貌。盧琦〈鞦韆〉（《圭峰集》卷上）有晚唐面貌
等，都可以看出元人模擬唐人之處。

　　綜上所論，元人學詩模擬詩騷、漢魏、唐為主，於宋則少涉，獨
蘇軾略有提及。葉燮曾評明前後七子之剽竊前人云：「竊之而似，則
優孟衣冠，竊之而不似，則畫虎不成矣。」又云：「故凡有詩，謂之
新詩，若有法，如教條政令而遵之，必如李攀龍之擬古樂府然後
可。……不但詩亡，而法亦且亡矣。」〔註21〕袁枚《續詩品》亦云：
「不學古人，法無一可，竟似古人，何處有我？」〔註22〕可見學詩之
困難，既不肮不善學前人以辨體貌，又不能泥於前人而失自我，這正
需功力之萃。元人雖於學古中返唐人風貌，但其佳者只如丁鶴年、伯
顏子中之哀惋及於少陵，〔註23〕或如楊維楨之能創鐵崖體，虞楊范揭
之有唐人風調而已。因此明胡應麟云：「蓋宋之失，過於創撰，創撰
之內，又失之太深；元人之失，過於臨模，臨模之中，又失之戈淺。」
〔註24〕清梁章鉅《南浦詩話》云：「歌行全篇可觀者，如趙子昂之題
桃源春曉圖，虞伯生之金人出獵圖，楊仲宏之陽明洞等作皆雄渾流
麗，步驟中程，而格調音響人如一，大概多模往局，少創新規，視宋

<hr />

〔註21〕清葉燮《原詩》內篇下。
〔註22〕袁枚《續詩品》見《清詩話》。
〔註23〕丁鶴年「詩史」精神的表現在上篇中已論，但顏子中則以仿少陵七
　　　　歌調而沈痛鬱結，見稱於翁方綱《石洲詩話》卷五。
〔註24〕胡應麟《詩藪》外編卷六。廣文1973年版。

人藻繪有餘，古澹不足。」〔註25〕由之可知前人對元人之模擬略有微詞，以其「太淺」「格調音響人人如一」「古澹不足」等，其實這正是詩歌的困境，詩盛於唐，元人能得其情韻，以足以返歸正典，若求出唐宋而爲新，則另有求諸新詩興裁。然元詩之秀麗可頌，又有啓導明詩之功，於中國詩歌史上，亦足堪比論。

　　總而言之，元詩之模擬者有之，但出以清麗面貌亦頗可取，且模擬論肇始於宋，如王安石、山谷等人之奪胎換骨，偷句、偷意等，〔註26〕足見詩體學製的必然流弊。

〔註25〕梁章鉅《南浦詩話》卷七，廣文 1972 年版。

〔註26〕近人王水照《唐宋文學論集》有〈宋代詩歌的藝術特點和教訓〉一文詳考宋人剽竊、模仿之風。齊魯書社 1984 年版。

第四章　詞化痕跡之顯現

　　詩體自唐大備後，古近體都有其正典，〔註1〕宋詩之變出以理趣，元詩則融畫藝入詩，拓深情韻，返皈正典，然而在明清若干詩家的眼中，宋詩拙，元詩巧，仍離唐詩正典遠。譬如明·周子文《藝藪談宗》云：「詩太拙則近於文，大巧則近於詞，宋之拙者皆文也，元之巧者皆詞也。」〔註2〕這種「拙」和「巧」的批判未必公允，然其宋詩近文，元詩近詞的觀點，正足以映襯出宋元詩在詩史上不同於唐的風格。主張元詩近詞的明清詩家不少，例如李東陽《懷麓堂詩話》卷七有前引周氏語，此外如清·潘德輿《養一齋話詩》卷二云：「漢魏詩似賦，晉詩似道德論，宋、齊以下似四六駢體，唐詩則詞賦駢體兼之，宋詩似策論，南宋人詩似語錄，元詩似詞，明詩似八股時文。」又云：「以詞爲詩，晚唐、元人之詞是也。」《一瓢詩話》云：「宋詩似文，與唐人較遠，元詩似詞，與唐人較近。」〔註3〕等等，然眾多主元詩近詞的言論中，除了表示元詩近唐，或元詩風與唐宋不同外，並未進一步說明元詩何以近詞？元詩之近詞者爲何？音律乎？詞藻

〔註1〕正典（canonization）一語借自陳國球《唐詩的傳承》一書，學生書局 1990 年版。其意指各體詩美學上原來應具備的特質，即宋之「本色」觀，明人之「正音」論。

〔註2〕明，周子文《藝藪談宗》，廣文書局詩話叢刊本卷一，1973 年版。

〔註3〕以上所引見《清詩話續編》頁 2023、2035、2309 及《清詩話》頁 706。

乎？藝術風格乎？因此，本章擬先比較詩與詞之不同處，以判分元詩近詞之所在。

第一節　詩風與詞風

文各有體，詩與詞各有其本色，然而詩詞同為韻文學，詞又稱「詩餘」，有明顯脫化自詩的痕跡，因此分辨詩詞之不同是詞學上經常出現的問題，一般析論這個問題都從體製結構、音韻規律、字數句式、內容思想及藝術風格等方面入手。〔註4〕體製結構及字數句式上，詩有古、近體，近體又有律、排、絕，五絕最短，止四句二十字，古體則可自由伸展，但多不過「孔雀東南飛」之一七四五字；詞則分令、引、近、慢，有單調、雙調、三疊、四疊之分，最長之「鶯啼序」止於二百四十字，且有固定之詞牌。音韻規則上，詩只講平仄，詞卻要分辨陰陽平上去上五聲，詩之古體可轉韻，但韻腳之平、上、去、入四聲各自分押，不能通融，詞則入聲獨用，平生獨用，上去獨用通用均可，而平仄通押的情形也偶見於西江月、渡江雲等少數詞牌上。〔註5〕

這幾點只是詩詞之間體製格律的一般性判分，事實上，細究起來，詞中不乏體製整齊似律絕者，如唐・溫庭筠〈楊柳枝〉、皇甫松〈浪淘沙〉，〔註6〕讀來都如七絕，〈紇那曲〉與五絕形式音韻無別，〈瑞鷓鴣〉也形似七律，其它如〈章台柳〉、〈楊柳枝〉等更是從詩而來，〔註7〕可見單就音韻、字數與體製不能作為詩詞分體的依據。

〔註4〕近人宛敏灝《詞學概論》即分「結構異同、聲韻比較、音律關係、藝術特徵」等四項分辨詩詞的不同。上海古籍 1987 年版。曾師永義在〈元人散曲六論〉一文中也從「體製、音韻、語言、內容、風格」五項分辨詩詞曲之差異。見《詩歌與戲曲》頁 306，聯經 1988 年版。

〔註5〕以上淺略的分辨主要參考曾師永義〈元人散曲六論〉一文及宛敏灝《詞學概論》，見註4。

〔註6〕唐溫庭筠〈楊柳枝〉：「館娃宮殿郭城西，遠映征帆近拂堤。系得王孫歸意切，不同芳草綠。」唐皇甫松〈浪淘沙〉：「灘頭細草接疏林。浪惡罾船半欲沈。宿鷺鷗飛舊眠浦，去年沙嘴是江心。」

〔註7〕清・萬樹《詞律》於目次中指出：「〈章台柳〉二十七字，附楊柳枝。

而明清詩家論元詩近詞，更不宜由音韻體製上辨之，詩體製已有一定格式，元詩雖偶有律蕪或出韻的現象，〔註8〕其詩體形態仍在古近體之中，字句音律仍依詩體規則，不必再以音律結構考究之。因此元詩之近詞，正直從語言特色、內容思想及藝術風格上辨之。

先就語言特色言之。曾師永義在〈元人散曲六論〉中指出：「詩的語言大抵比較古樸典重，詞比較輕靈曼妙。」〔註9〕清‧張宗橚《詞林紀事》卷三云：「細玩『無可奈何』（晏殊〈浣溪沙〉）一聯，情致纏綿，音調諧婉，的是倚聲家語，若作七律，未免軟弱矣。」鄭因百先生《詞曲的特色》一文也指出：「詞中字面都是輕靈曼妙的，古樸典重的字面簡直不用，表現方法則華飾多於素描，優美多於壯美，很少痛快淋漓奔放顯豁之作，多是隱約含蓄，託興深微。」〔註10〕宛敏灝《詞學概論》云：「詩貴溫雅，故多用樸素的文言。曲尚尖新，故時采聰俊的口語。」〔註11〕由此可見詞之語言曼妙華艷，優雅新巧，與詩之古樸豪壯不同。

次就內容思想言之。葉嘉瑩〈從中國詞學之傳統看詞之特質〉一文指出：「在中國詩學中無論是『言志』或『抒情』之說，就創作之主體詩人而言，蓋並指其內心情志的一種意識之活動。……當士大夫們開始著手為流行曲調填寫歌詞時，在其意識中原來並沒有要藉之以抒寫自己之情志的用心。」因此葉先生認為詞的內容能脫除倫理政教的約束，以美女與愛情為主，更具有詩所不能及的深情和遠韻。〔註

按此本長短句詩，後人採入詞譜。」又云：「〈瑞鷓鴣〉五十六字，又名舞春風。按此調與七言律詩同。」由此可見詩詞體製之混。
〔註8〕這是明清人論元詩屢屢提及的問題，如汪師韓《詩學纂聞》論七古轉韻首句宜用韻，然大家集中仍不免出韻者，又律詩亦有通韻者，元人律詩通韻尤多，汪氏指陳歷歷，足見元人音律之不甚考究處。見《清詩話》頁453。
〔註9〕見曾師永義《詩歌與戲曲》頁307，聯經1988年版。
〔註10〕見鄭騫《從詩到曲》頁60，科學出版社1961年版。
〔註11〕見宛敏灝《詞學概論》頁6，上海古籍1987年版。
〔註12〕見葉嘉瑩《中國詞學的現代觀》一書頁5～7。大安出版社1988年版。

12）曾師永義則簡明指出：「詩固然沒有不能表達的事物，但由於語言形式較爲刻板，所以只長於抒情寫景，而短於記事說理；抒情亦宜於悲而不宜於喜。詞托體最爲短小，更止於抒情寫景，而幾不能記事說理。」王國維《人間詞話》亦曾云：「詞之爲體，要眇宜修，能言詩之所不能言，而不能盡言詩之所能言。」由此可見詞的內容以美女愛情爲出發，雖不必止於美女愛情，然其喻託諷寓，深微婉約，表達的內涵較詩深，形成較詩歌更深遠的抒情韻味。

再就藝術風格言之。一般統言「詩雅詞俗」「詩莊詞媚」，〔註13〕李漁《窺詞管見》云：「詩有詩之腔調，曲有曲之腔調，詩之腔調宜古雅，曲之腔調宜近俗，詞之腔調則在雅俗相和之間。」李東琪云：「詩莊詞媚，其體原別，然不得因媚氣輒入淫褻一路，媚中仍存莊意，風雅庶幾不墜。」洪亮吉《北江詩話》亦云：「詩詞之界最嚴，北宋之詞，類可入詩，以清新雅正故也。南宋之詩，類可入詞，以流艷巧側故也。」除此而外，近人有許多巧妙的喻語，也可以看出詩詞之不同。〔註14〕綜上可見，詞之風格浮艷新巧，較詩之典雅略顯俗媚。

〔註13〕見學海出版社 1979 年出版的《詞學淺說》云：「詩是拘謹的、含蓄的，崇尚匠謂雅的，詞是帶浪漫氣氛的，奔放的，通俗的。」弓英德《詞學新詮》則指出：「詞爲艷科，詩莊詞媚，故須著些艷語，然皆不得流於淫褻。」商務 1982 年版，頁 14。

〔註14〕鄭因百〈詞曲的特質〉一文將詞喻爲「翩翩佳公子」，葉嘉瑩〈從中國詞學之傳統看詞之特質〉一文喻詞爲「婉約纖柔的女性化的品質」，曾師永義〈元人散曲六論〉中則鋪陳許多譬喻來突顯詩詞之不同云：「大抵說來，詩的風格較莊嚴、厚重而雄峻。譬之於男，則爲彬彬君子；可以爲雅士，飄逸而絕倫；可以爲豪傑，氣吞其山河。譬之於女，則爲大家閨秀，可以母儀天下，可以相夫教子。譬之於光，則或烈日當空，或陽春布澤；譬之於水，則或滄海波濤，或一碧萬頃。又或如崇山峻嶺，崖谷之犖确；又或如峰巒起伏，蒼翠之婉蜒。詞之風格較爲瀟灑而韶秀。譬之於男則爲翩翩佳公子，可以乘時而超妙空靈，亦可以失意而委頓沈鬱；譬之於女，則爲小家碧玉，雖風姿可人，終無閨範氣象。譬之於光，則爲夕陽晚照，或流光徘徊；譬之於水，則或澄湖漣漪，或碧潭寫影。又或如精金琅玕，綠野而平疇。」

詩與詞同爲抒情言志的韻文，其體製之別自有顯豁處，其語言、情思、風格之別則正是最微妙難分的地方，透過此節的思辨，詞之整體風格應爲清新巧艷，婉約纖柔，氣格較柔弱，言詞較華美，這些特點正是元詩爲抝清人鄙薄之所在，元詩雖不近如明清人所論之清新巧切，類近詞風，但風格近詞之作不少，也足以蔚爲一時代的特色，我們將於下一節的詩例中析論之。

第二節　元詩的詞化現象

從上節中的比較可知，詩是否詞化應從三方面來看：一、看語言特色，凡文詞輕靈曼妙，華飾文彩、優美新巧者類詞。二、看內容思想，脫除載道約束，多寫美女愛情，或具深情遠韻，以抒情寫景爲主，而不涉記事說理者類詞。三、看藝術風格，凡流艷巧側，風調俗媚者，婉約纖柔，氣格平弱者類詞。以此標準來看，詩入晚唐已類詞風，故清・潘德輿〈養一齋詩話〉卷二云：「以詞爲詩，晚唐、元人之詩是也。」〔註15〕故後人評元詩多及於元詩近晚唐風格，如清・尚鎔《三家詩話》云：

> 過求新巧，必落纖小家數。如子才「殿上歸履幾雙，三分天下更分香」，雲松「如此容華嫁窮羿，教他那得不分離」之類，乃晚唐、元人惡派，以之入詞曲可也。〔註16〕

尚鎔論的固爲明人詩，但以「晚唐、元人惡派」並舉，也可見他心目中元詩與晚唐詩之惡者皆以過求新巧故也。清・朱庭珍《筱園詩話》卷二云：

> 元人一代，無卓卓成家者，大約元詩皆學飛卿、長吉、靡靡成風。〔註17〕

朱氏的口氣也類尚鎔，似乎把詞化當作詩之惡者，朱氏並將元詩與晚

〔註15〕見丁福保《清詩話頁》706。
〔註16〕郭紹虞《清詩話續編》頁1927。
〔註17〕同註2，頁2370。

唐連結，認為二者皆靡靡成風，而且直接指出是飛卿、長吉之流。嚴格說起來，長吉為中唐詩人，不能歸入晚唐，但長吉詩具幽艷之美，於辭采之經營，或許為元人喜愛而學之，但學乏長吉的氣格反類於詞。〔註18〕清人《靜居緒言》云：「長吉自有石破天驚之奇，……後人仿之，一味幽絕殊厭於人。」〔註19〕正是這個意思。元人之類於晚唐而近於詞者，也正是這種美艷辭采的經營上。然而武斷認為元人無卓卓成家者也有待考慮，清王魚洋曾答劉大勤問云：

問：元人詩亦近晚唐，而又似不及晚唐，然乎否耶？
答：元詩如虞道園便非晚唐可及。楊鐵崖涉溫李，其小樂府亦過晚唐。他人與唐相出入耳，晚唐如溫、李、皮、陸、杜牧、馬戴亦未易及。〔註20〕

可見清人亦能客觀衡之，元人詩固近晚唐又有晚唐所不及，故詞化風格，不能一概視為流弊，只有元詩之末流者顯其弊。《四庫全書總目提要》云：「宋之末年，江西一派與四靈一派，併合而為江湖派，猥雜細碎，如出一轍，詩以大弊。元人欲以新艷奇麗矯之，迨其末流，飛卿、長吉一派與盧全、馬異、劉義一派，併合而為纖體妖冶俶詭，如出一轍，詩又大弊。」由此可知元人詩傾向新艷奇麗的原因，欲以矯江湖派之弊也，然其末流亦固新艷而弊。此段話雖未提出「詞化」一詞，但以「新艷奇麗」的風格來看，亦類詞。

綜觀明清人評元詩，幾乎都不離新艷奇麗四字，如明‧游潛《夢蕉詩話》云：

〔註18〕這點朱庭珍並未加以解釋，然《筱園詩話》卷一云：「元人但逐晚唐，師飛卿、長吉二家，一代成風。虞道園自負『漢廷老吏』，亦時無英雄，浪得名耳。楊、范、揭三子，及金華、天水、雁門，不過天桃穠李，絕非梅蘭之友。鐵崖如倡女艷妝，淵穎如村婦盛服，均乏名貴之氣。緣忘本逐末，故降而愈靡也。」這裡鄙責元人之「天桃穠李」「倡女艷妝」「村婦盛服」，顯然都是就其美艷風格言，而且「忘本逐末」一語似乎點出元詩只在文字之末營求，不及詩格之本。

〔註19〕見郭紹虞《清詩話續編》頁1650。
〔註20〕見廣文詩話叢刊本《夢蕉詩話》頁76。1971年版。

　　元浮而麗，當代（明代）沈而正，比其大約也。〔註21〕

明‧周子文《藝藪談宗》引何景明〈與空同先生〉云：

　　宋人似蒼老而疏鹵，元人似秀峻而實淺俗。〔註22〕

又云：

　　宋之拙者皆文也，元之巧者皆詞也。〔註23〕

明‧胡應麟《詩藪》內篇「近體上」論五言云：

　　宋人之蒼，元人之綺靡不兼總。

清‧翁方綱《石洲詩話》卷五云：

　　元人之綺麗，恨其但以淺直出之耳；此所以氣格不逮前人
　　也。〔註24〕

清‧闕名《靜居緒言》云：

　　元詩似多蘊藉，實少偉奇，袗藻思而乏氣骨，工鋪排而失
　　烹煉。〔註25〕

清‧張謙宜《絸齋詩談》卷五云：

　　元詩壞於曲，纖穠嬌艷，不能自振。〔註26〕

清‧王夫之《薑齋詩話》卷上云：

　　胡元浮艷，又以矯宋為工。〔註27〕

以上諸家評元詩都以「浮麗」、「秀峻」、「巧」、「綺靡」、「綺麗」、「蘊
藉」、「纖穠嬌艷」、「袗藻思」、「浮艷」等等為論，而且或恨其淺直，
或言其乏氣骨，不能自振等，其實這些說法大抵存在兩層意義：一、
元詩之風格走向清麗新巧，文字多綺艷，氣格較平弱，思想性與紀事
性者少，抒柔婉之情者多。二、元詩在此風格下，其末流則弊於詩，
淺直無可觀。我這個說法大致能合於前舉王漁洋及四庫所論的旨意，

〔註21〕廣文 1973 年版詩話叢刊本《藝藪談宗》頁 39。
〔註22〕同上，頁 60。
〔註23〕見《百種詩話類編後編》頁 1522。
〔註24〕見郭紹虞《清詩話續編》頁 1648。
〔註25〕同註 10，頁 850。
〔註26〕見丁福保《清詩話》頁 16。
〔註27〕同註 12，頁 33。

固此我們視元詩之詞化風格時，亦能較有持平之見，而不至於完全鄙薄之。

　　據我的揣想，元詩之所以詞化，除了前列諸詩家提出的兩個原因，一、爲染晚唐之習，二、爲欲矯未末江湖之弊外，我猜想和元代音律也有關係。其實前舉清‧張謙宜《齋詩談》已提出「元詩壞於曲」之說。然而清‧吳喬《答萬季埜詩問》云：

　　　　三百篇莫不入於歌喉。漢人窮經，聲歌、意義，分爲二途。
　　　　太常主聲歌，經學之士主意義，即失夫子雅頌正樂之意。
　　　　而唐人陽關三疊，猶未離於詩也。迨後變爲小詞，又變爲
　　　　元曲，則聲歌與詩，絕不相關矣，尚可以尚書之意求之乎？
　　　　詩在今日，但可以爲文人遣興寫懷之作而已。〔註28〕

吳喬此說明白指出詩的音樂性是隨時代而變，至元代則變爲元曲音調，但除了三百篇可以「歌永言，聲依求」外，漢代詩與聲歌已分爲二途，因此吳喬顯然主張以「遣興寫懷」的角度來看，而不要斤斤於聲調。吳喬的看法尚屬寬厚，許多明清詩家則一意貶責元詩，如汪師韓《詩學纂聞》云：

　　　　七言律詩，即樂府也。……便於唐宋之長短句，而亂於金
　　　　元之南北曲。〔註29〕

詩壞於曲，詩亂於曲，這個看法顯然過責後人，但以此角度看來，新聲俗曲之入於詩，對詩之詞化有所影響也不無可能。譬如音韻由《唐韻》而《廣韻》而《集韻》而《禮部韻》而《平水韻》，唇吻之間自然有別。〔註30〕因此我們看元詩宜採前述吳喬之見，清‧薛雪《一瓢詩話》云：

　　　　詩與曲不同，在昔有被管絃者，多合律呂，後人所作，未
　　　　必盡被管絃，不過寫志意，通事情，不失平仄已也。孟子
　　　　曰：『以意逆志。』『不以辭害志。』若拘拘於五音清濁，

〔註28〕同註13，頁445。
〔註29〕詳見梁章鉅《退庵隨筆》，收於《清詩話續編》頁1989。
〔註30〕收於《清詩話》頁694。

　　喉牙唇舌之間，有不割蕉加梅，亦幾希矣。〔註31〕
因此元之詞曲化，音律之失倒不必過責，從其志意氣格看其詞化方得
評詩之要。

　　既然元詩詞化風格既爲諸詩家定論，則細味究竟，正是以幫助
我們明白元詩之變。元人之作確實有極大量的作品傾向志淺言麗，
清麗有餘而沈雄不足，特別是艷體宮詞及楊維楨等元季流行的香奩
之作，其弊獨深，然元人言志之作皆不失典麗清新，以下我們權借
前述語言、內容、風格三方面看，然而此三者實表裡相因，無法別
爲三端。

一、就語言來看

　　清・沈德潛《說詩晬語》卷下云：「元季都尚詞華，劉伯溫獨規骨
標。」〔註32〕顧嗣立《寒廳詩話》云：「於是雅正卿、馬易之、達兼善、
余廷心諸公並逞詞華，新聲艷體，競傳才子，異代所無。」〔註33〕由
此可知，元人文詞之尚詞華，以元季及西域詩人爲最。而徐熊飛《修
竹廬談詩問答》亦云：「楊鐵崖以側艷奇譎之詞，別標宗派，一時靡然
從之。」〔註34〕我們從楊維楨香奩之作，檢證文辭最能一目瞭然。楊
維楨〈香奩八詠〉出語娟麗，頗類小詞語言。〈月奩勻面〉云：

　　一片清光照膽寒，玉容滿鏡掩飛鸞，素娥照見黃金闕，絳
　　雪鎔開白玉盤。翠點柳尖春未透，紅生櫻顆露初乾。好風
　　爲我披羅幌，一朵芙蓉正面看。

〈玉頰啼痕〉云：

　　天然玉質洗鉛華，怪底偏將半面遮。紅滴香冰融獺髓，彩
　　黏膩雨上梨花。收乾通德言難盡，點涅明妃畫莫加。聚得
　　斑斑在何處？軟綃寄與薄情家。

〔註31〕見臺靜農《百種詩話類編》頁 1521。
〔註32〕同註 17。
〔註33〕見《詩問四種》，頁 260，濟南齊魯書社 1985 年版。
〔註34〕見陳衍《元詩記事》卷十六所引。

二詩中善用「黃金」「白玉」「翠點」「紅生」「紅滴」「軟綃」等詞，類溫庭筠詞藻，形成綺麗文詞，鑄造詞化特色，因此明・胡應麟《詩藪》云：「廉夫香奩八詠，『收乾』云云，『索畫』云云，『翠點』云云，皆精工刻骨，古今綺麗之極，然是曲子語約束入詩耳。句稍參差，便落王實甫、關漢卿。」〔註35〕這種曲子的運用，若失氣格，則今為浮艷可鄙之詩，因此楊維楨在〈香奩八詠并序〉云：「吳間詩社香奩八詠，無春芳才惜者，多為題所困。縱有篇辭，鄙婦學妝院體，終帶鄙狀可陋也。」〔註36〕

至如西域詩人如薩都剌、迺賢等，也多清麗辭彩。薩都剌〈秋宮詞〉云：

> 清曉宮車出建章，紫衣小隊兩三行。石闌干外銀燈過，照
> 見芙蓉葉上霜。

此詩為薩氏客詞十八絕之第十五首，吳景旭錄楊廉夫〈宮詞小序〉云：「宮詞詩家之大香奩也」〔註37〕可見此詞亦穠艷之作，今觀其詞彩亦清麗類詞。然而薩都剌才氣雄邁，氣象不俗故能免於浮艷流弊。《古今說海》謂其：初讀若汎言一時事，細玩之則見深宮寂寞，望章不到氣象。且造語渾然，追蹤盛唐，若此者亦不多見。〔註38〕可見一斑。宮詞之外，薩都剌的樂府諸作如〈白翎雀〉、〈燕姬曲〉、〈吳姬曲〉、〈江南樂〉等等，最得綺豔麗辭，如〈芙蓉曲〉云：「絳袍春淺護雲暖，翠袖日暮迎風涼」，〈蕊珠曲〉云：「錦屏甲帳蕊珠新，雲房火鼎丹芽嫩。」都極得金玉錦繡之麗詞，顧嗣立以其領色目詩人新聲艷曲之風騷，是不無因由的〔註39〕其他的色目詩人，如迺賢之作，貢師泰稱：「其詞清潤纖華」，〔註40〕《金臺集》全集之中的確多清詞麗句，如

〔註35〕同註20。
〔註36〕見吳景旭《歷代詩話》卷六十五。
〔註37〕同註22。
〔註38〕見前引註18《寒廳詩話》語。
〔註39〕見《元詩選》初集顧嗣立於《金臺集》所作敘錄。
〔註40〕同註19。

其〈古鏡篇寄韓與玉〉云

> 古鏡團圓似秋水，美人當窗正梳洗。芙蓉涼月鬥嬋娟，默
> 默自憐還自喜。朝來開匣忽淒然，一痕微靈映華鈿。卻恨
> 東風惜桃李，年年開傍鏡臺邊。粉綿拭鏡還清澈，佳人薄
> 命空愁絕。不如化石在山頭，萬古千年照明月。

此篇極淒艷美麗之藻飾，足爲代表。當然其他西域詩人如泰不華、雅琥、余闕亦逞詞華，此不贅舉。

元代如此的清麗詞藻，並不限於西域詩人，許多詩家都顯出這個特色。清‧徐熊飛《修竹廬談詩問答》云：「元詩大率以纖麗爲工，其末也。」〔註41〕我們從元人詩集中隨意俯拾皆可得其珠玉，如黃庚詩云：「蟹痕沙露溼，雁影夕陽明。」（〈秋晚山行〉）「丹楓明野驛，白水浸江城」（〈秋色〉）「錦棠紅渥雨，絲柳綠縹煙」（〈春日即事〉）等等。方夔詩云：「雲歸書帙留殘潤，日上香盤裊細煙。」（〈雜興四置〉之四）「銀灣玉潤斲冰雪，飛雪六月聲崢琮。」（〈巖峰寄洪復翁〉）吳澄詩云：「青眼兩褶耀，白髮各挪沙」（〈餞王講師分韻得波字〉）「晴霞撒珠泉噴薄，暮煙凝翠石崚嶒」（〈雪巖詩〉）等等，如此奸綿錦繡，穠麗清巧的文辭亦無以勝舉。然而麗辭如繪，用在前舉黃庚、方夔、吳澄等人原詩之中，並不損風華，不落鄙俗，只少數無氣格，乏情志的詩家，才易流爲楊維楨所謂「鄙婦學妝」，這一類爲明清人垢病的浮艷麗辭，在元末以楊維楨爲首的倡和諸家倒是不少，如熊進得、徐哲、韋珪等《西湖竹枝集》中諸作者，皆無可觀。

二、就內容來看

詞化風格之詩，內容大抵無雄思闊境，而多以深情遠韻或婦人女子之態出之。其下者淺俗，其佳者清婉，也未心全無可取。顧嗣立《寒廳詩話》云：

> 元時蒙古色目子弟，盡爲橫經，涵養既深，異材輩出。貫

_____

〔註41〕見《元詩記事》卷五九六。

酸齋、馬石田（祖常）開綺麗清新之派，而薩經歷（都剌）
大揚其風，清而不佻，麗而不縟，于虞楊范揭之外，別開
生面。〔註42〕

薩剌拉的作品顯然是詞化而佳者，顧氏才推許他「清而不佻，麗而不
縟」，今觀《雁門集》諸作，確實充滿清婉情思，如〈宮詞〉二首之
二云：

條脫金寒翠袖冰，羊車夢裡轆轤聲。薰鑪宿得沈香火，暖
卻春纖暖玉笙。

〈姑蘇臺〉云：

妖豔分明搆禍胎，萬金瑰麗更危臺。笙歌夜倚東風醉，粉
黛春從南國來。原草翠迷行輦跡，野花紅發舞衣灰。豪華
肯信金爲沼，煙水翻令後世哀。

前詩寫深宮氣象，寂寞無奈，後詩寫歷史勝跡，人事煙滅的悲哀，
情詞雖麗，更能映照情深綺柔，尚不失爲佳作。薩都剌的樂府、宮
詞都有許多美女愛情的口吻與內涵，以寫綿麗情思，如芙蓉曲云：「秋
江渺渺芙蓉芳，秋江女兒將斷腸。」〈蘭皋曲〉云：「美人日暮采蘭
去，風吹露溼芙蓉裳。」〈鸚鵡曲〉云：「水晶簾垂宮畫長，猩色屏
風圍繡床。美人春睡苦不足，夢隨飛燕遊昭陽。」如此的深閨秀女，
或天臺仙子、蘭皋美人等，都是雜糅屈賦與唐宋詞風的顯現。宋無
的作品也極多描寫清婉之思的內容，如〈宮人斜〉寫宮人之淒艷寂
寞云：

步搖明月冷無光，骨掩春泥草亦芳。豔魄不隨紅粉盡，化
爲蝴蝶舞昭陽。

〈鶴〉寫遺世獨立的志士云：

毛骨珊珊白雪清，千年世上頂丹成。晴飛碧落秋空闊，露
立瑤臺夜月明。仙島雲深歸有信，天壇花落步無聲。時來
華表何人識，依舊翻身上玉京。

二詩之內容清婉，都能含蓄不露地表達出深情遠韻，特別是〈宮人

〔註42〕見臺靜農《百種詩話類編》後編頁1520。

斜〉，專爲宮人墓地而詠，故尤爲淒艷。陳旅〈次薩天錫韻〉一詩詞旨清新，文彩纖麗，也頗類薩氏之近於詞風者，詩云：

> 燕南幕府文章客，澤國相逢譙集齊。酒後鱸魚霜作，花邊騘馬月爲題。千篇傑句諧金奏，一曲離歌聽玉啼。別後寒雲滿江梅，雁書何處落青泥？

陳旅的題畫諸作最能顯出小詞內涵與風格如：

> 娟娟翠袖倚清空，解把并刀翦雪風。一段寒香吹不盡，西冷殘月角聲中。（〈題扇面〉）
>
> 五月風生水殿涼，綠楊深處奏鶯簧。佳人偏愛臨池坐，欲與荷花鬥晚妝。（〈題耿氏所藏艷畫〉）
>
> 莫信陳王賦洛神，凌波那得更生塵。水香露影空清處，留得當年解珮人。（〈題水仙花圖〉）
>
> 九畹光風轉，重巖墜露香。紫宮祠太乙，瑤席薦瓊花。（〈題畫蘭〉）

由以上諸家及其作品舉例，我們確實可以看出，元詩在某些作品上，內容多寫婦人女子，情思多哀婉清揚，如薩都拉之寫深宮寂寂，宋無之寫孤鶴出塵，陳旅之寫畫中嬌娟美女凌波生塵、瑤席薦花等等，都是詞化之一端。

三、就風格來看

詞彩既屬華麗，內容既寫女子情懷、吉士春思，風格必然纖柔而乏氣骨，這是元詩之最爲人所垢病者，其中的罪魁禍首常常專指楊維楨所倡導的元末文人及其集體唱酬之作，楊維楨因而有「文妖」[註43]之稱。如其〈小游仙〉十二首之一云：

> 麻姑今夜過青丘，玉醴催斟白玉舟。莫向外人矜指爪，酒酣爲我擘箜篌。

其作婉麗靡浮，因此胡應麟《詩藪》云：「夢得竹枝，長吉錦囊，飛卿金荃，致光香奩，唐人各擅。至老鐵乃奄四家有之。如『勸郎莫上』

〔註43〕王彝嘗詆毀楊維楨爲「文妖」，見《王常宗集》卷三。

云云，其宛麗夢得靡加；『麻姑』云云，其瑰崛長吉莫過。」〔註 44〕
胡應麟所云「勸郎莫上」亦小游仙之作，近人劉美華依內容分類別楊
維楨之作凡八類，〔註 45〕其中最受人非責鄙薄的是「香奩冶艷之作」
及「方外遊仙之作」，以其風格奇艷詭譎，不諧後人耳目，劉美華因
此認爲「『鐵崖體』之風行對元末詩風綺靡，恐難辭其咎。」〔註 46〕
當然，把一切流弊歸於楊維楨是有所偏頗，楊維楨本身作品自有縱橫
排奡之作，〔註 47〕不全然纖弱浮艷，只是從之者才情不足，氣勢凡庸，
故流於綺艷之弊端。而且據包根弟《元詩研究》所考，元代弟二期詩
風「已走向綺麗之途」〔註 48〕包氏此論頗俱時代流變之觀察力，元詩
在中期四大家及西域詩家都泛顯詞話風格之纖柔綺麗，後期則以楊維
楨爲首也有部分以此風倡和，可見除初期氣格慷慨如元好問之流外，
元代一世詩風都傾向新巧綺麗，這點明清詩家論之已多如文前所舉。
其他以浮艷稱者尚有多人，如張昱詩，朱竹垞曾謂其派出西崑，翁方
綱《石洲詩話》卷五云：「張光弼之詩竹垞謂其派出西崑，未免過於
濃縟，然其筆勢，卻自平直。」〔註 49〕明瞿佑《歸田詩話》卷下亦曾
類舉此類濃絕之作名爲「光弼詩格」云：

> 光弼詩格：張光弼詩「免冑日趨丞相府，解鞍夜宿五侯家。
> 玉杯行酒聽春雨，銀燭照天生晚霞。世亂且從軍旅事，功
> 成須插御筵花。漢王未可輕信韓，尚要生擒呂左車」。又云：
> 「西樓柳風吹晚涼，石榴裙映黃金觴。纖歌不斷白日速，
> 微雨欲度行雲涼。笑看席上賦鸚鵡。醉聽門前嘶驌驦。早
> 晚平吳王事畢，羽書飛捷入朝堂」。蓋時在楊完者左丞幕

〔註44〕見陳衍《元詩記事》卷十六所引。
〔註45〕見劉美華《楊維楨詩學研究》第三章。文史哲 1983 年版。
〔註46〕同註 31，頁 157。
〔註47〕〈四庫全書提要〉云：「（楊維楨）根柢於青蓮、昌谷，縱橫排奡，
自闢町畦。」
〔註48〕見包根弟《元詩研究》第三章第二期之代表作家，包氏云「其中揭
傒斯、薩都拉之詩風，已走向綺麗之途。」
〔註49〕見《百種詩話類編》前編，頁 704。

下，故所賦如此。又云：「蛺蝶畫羅宮樣扇；珊瑚小柱教坊
箏」。又云：「玉瓶注酒雙鬢綠，銀甲調箏十指寒」。又云：
「新妝滿面猶看鏡，殘夢關心懶下樓」。多爲杭人傳誦，其
一時富貴華侈，盡見於詩云。〔註50〕

除瞿佑所舉諸詩外，張昱《廬陵集》中亦多綺作，如〈晚春辭〉、〈美
女篇〉、〈白翎雀歌〉、〈織錦辭〉、〈蓮塘曲〉、〈小遊仙次韻四首〉（可
能是與楊維楨倡和之作）、〈柳花辭〉等等，無法勝數，全爲詞藻濃麗，
文思薄弱平直，風格類詞的作品。

　　謝宗可詠物百首爲是纖巧之作的代表。這點明清詩家多次提及，
我們列舉如下。

瞿佑《歸田詩話》卷下云：

謝宗可詠百詩，世多傳誦，除走馬燈、蓮葉舟、混堂睡燕
數篇外，難得全首者。曩見邱彥能誦其賣花聲一首，百詠
中不載，詩云：「春光叫盡費千金，紫艷紅香符藉好音。幾
處喚回遊冶夢，誰家不動惜芳心。韻傳揚柳門庭晚，響徹
鞦韆院落深。忽被捲簾人喚住，蝶蜂隨擔過牆陰」。

翁方綱《石洲詩話》卷五云：

謝宗可詠物詩凡百篇，題既出雕雋，詩亦刻意纖瑣，大率
有形無神，所謂麗而無骨者也。然亦不能十分綺麗，以期
都是平鋪耳。〔註51〕

顧嗣立《元詩選》初集亦云：

有詠物詩百篇傳於世。汪澤名題其卷，以爲綺麗而不傷於
華，平淡而不流於俗。大抵元人詠物，頗尚纖巧，而宗可
尤以見長。今擇其雅練者錄之。其他句法，多可存者，如
詠〈紙衾〉云：「松床夜暖雲生席，蕙帳香融雪滿身。」
〈梅夢〉云：「暖人羅浮春困早，香迷姑射曉醒遲。」〈筆
陣〉云：「怒卷龍蛇雲霧泣，長驅風雨鬼神驚。」〈鶯梭〉
云：「柳隄暗巷絲千尺，花鄔橫拋錦萬機。」……類皆婉秀

〔註50〕同註35。
〔註51〕以上兩則引文皆見《百種詩話類編》前編，頁1095。

有思致也。〔註52〕

三家說法一以「難得全首佳者」論，一以「有形無神」「麗而無骨」論，似乎評價都不高，然顧嗣立倒頗能見其長，認為宗可尚纖巧，並不辭費力地列舉詩句二十首，句句綺麗，皆代表謝宗可「婉秀有思致」的作品，這種不同評價的情況如前人論詞化之得失一樣，有寬嚴的不同的態度，然元詩詞化風格由之更能鮮明顯現。

終有元一代，詩風實離不開「清麗」二字，如王世貞謂趙孟頫詩「稍清麗而傷於淺」評虞集詩「以點麗為貴」評倪瓚詩「思致清遠」〔註53〕都穆評圓至「詩尤清婉」，〔註54〕胡應麟評楊維楨詩「穠麗妖冶」〔註55〕等等，皆可見元人詞化風格之走向。然而元人固尚工麗，亦有質樸者，〔註56〕不能全以清麗視之。即或多清麗近詞曲，亦不可廢元詩。清‧陸鎣《問花樓詩話》云：

> 宋詩好議論，元詩近詞曲，昔賢固有定論，然有元一代之作不可廢也。自李空同倡不讀唐以後書之說，前後七子唾元詩為不足道。漁洋論詩絕句云：「鐵崖樂府氣淋漓，淵穎歌詩格儘奇。耳食紛紛說開寶，幾人眼見宋元詩？」為空同輩也。〔註57〕

其實觀元詩之詞化，正足以察詩歌之流變，詩自唐代諸體皆備以後，宋變之以「文」，元變之以「詞」，都能得詩體之一端，喬億《劍谿說詩》卷下云：「宋詩粗而大，元詩細而小，當分別觀之以盡其變。」〔註58〕正是這個用意。而且詞化風格之下，固然有靡弱之作，然亦有不乏格調，風骨自存者。翁方綱云：「揭曼碩詩格調固有不乏，……

〔註52〕見《元詩選》初集戊集《詠物詩》敘錄。頁1500。
〔註53〕王世貞《藝苑卮言》見廣文版《藝藪談宗》卷四、卷五。
〔註54〕都穆《都玄敬詩話》卷下，頁11，廣文1974年版。
〔註55〕胡應麟《詩藪》內編「古體下七言」。
〔註56〕潘德輿《養一齋詩話》卷三云：「元人爭尚工麗，然亦有質樸與道園相近者。收於《清詩話續編》頁2041。
〔註57〕見《清詩話續編》頁2308。
〔註58〕同註43。

雖間有秀色，而亦不爲新艷。」又云：「蛻菴、玩齋、易之諸作，皆
具有風骨，非漫爲彩色者。」〔註59〕可見在秀色、彩色之外，詩人之
格調風骨仍有可觀，這都是元人詞化風格下的佳構。

〔註59〕翁方綱《石洲詩話》卷五，見《百種詩話類編》前編頁 885、頁 1350。

第五章 詩畫融通之實踐

　　元詩最具藝術性就的特點，在於詩畫融通上的表現。格調上元詩不出唐詩之右，言志傳統的承繼、模擬風氣的開展也承六朝及唐宋詩而來，獨獨在詩畫融通上的表現，元詩處藝術發展上的盛會，有其詩畫融合的獨特成績，這是元詩可以傲視詩史的地方，它不獨為詩歌開拓更深更廣的藝術層面，也為詩史增添璀璨波瀾。

　　詩畫融通的歷史由來已久，但其發展自六朝而下，未有如元代之盛者。元代詩人兼畫家者極眾，題畫文學的發展也處於極盛地位，而元人在文人畫方面的實踐更使詩畫在意境、技巧及形質上都有進一步融合的表現。題畫詩大量躍昇入畫幅結構中從元代開始，山水田園詩融合繪畫技巧也從元人開始，元畫方面更是大量以文學意趣展現在水墨山水，絳染山水及以竹石花鳥寫文人志節上，這些都是詩畫融通進一步發展的結果。

　　本章擬以詩為範疇，檢視詩畫融通的歷史、詩畫融通的基礎，借以觀察元詩在詩畫融通上的具體表現，至於繪畫方面，除輔助說明詩歌藝術外，不在探討範圍內，姑捨而不論。

第一節 詩畫融通之歷史

　　錢鍾書在〈中國詩與中國畫〉一文中指出：「詩跟畫是姊妹藝術。」

〔註1〕以藝術的美感言,《詩與畫》確有其相通處,但就藝術的表現媒介及表現形態而言,《詩與畫》又分別屬於不同的範疇。一般認為,詩是音律藝術或時間藝術;畫是造形藝術或空間藝術。畫以色彩、線條、光度完成;詩以音律、語言文字完成。這是自萊辛(Lessing, 1729~1781)以來,中西學者共同的看法。〔註2〕

但不論中西,《詩與畫》之間卻又如孿生姊妹般有其難分難解的關係。早在公元前556~469,希臘抒情詩人西摩尼德斯(Simonides)即說過:「畫是一種無聲的詩,而詩則是一種有聲的畫。」〔註3〕在中國類似的言論也不勝枚舉,例如:張浮休《畫墁集》〈跋百之詩畫〉云:「詩是無形畫,畫是有形詩。」蘇軾逸詩〈詠韓幹馬〉云:「少陵翰墨無形畫,韓幹丹青不語詩。」〔註4〕由此可見,《詩與畫》雖異體

〔註1〕此文收於《文學研究叢編》第一輯,木鐸出版社1981年版。

〔註2〕《詩與畫》的不同自1977年萊辛的《拉奧孔》(Laokoon)一書即有明白的界定。萊氏認為:「繪畫用空間中的形體和顏色,而詩卻用在時間中發出的聲音。」(見朱光潛《詩與畫的界限》一書頁82,朱氏此書即萊辛原書之譯,元山書局1985年版。)此外,近代的美學家也不斷論及詩畫之間的不同形態。譬如,宗白華在《美學散步》中〈詩和畫的分界〉一文,特別翻譯一段《拉奧孔》中的文字以表明詩畫之分界。張白山在《宋詩散論》的序言裡也揭示「詩之聲調韻律的起伏、頓挫、抑揚、輕重、清濁、長短、高下、緩急的音樂節奏或情緒節奏,在畫中確實比較難於表現。」(見張白山《宋詩散論》頁25,上海古籍1983年版),西方則如V.A.Kolve及Robert Chen所認為的「《詩與畫》不同且不可能相同」、「文字不是色彩」、「文字的組織也不是畫面的佈局所能替代的」(分別見於 V.A.Kolve, Chaucer the Imagery of Narrative: The First Five Cauterbury Tales, Stanford University P,1984, 頁 1。及 Robert Cohen, Art of Discrimination: Thomson's "The Season" and the Language of Criticism, University of California P,1964,頁 247。)

〔註3〕見朱光潛譯作《詩與畫的界限》頁2。

〔註4〕詩畫一律之種種說詞屢見於各家論詩畫關係的文字中,如前引錢鍾書〈中國詩與中國畫〉一文、徐復觀〈中國畫與詩的融合〉一文(民主評論十六卷三期)、曾景初《中國詩畫》一書(北京‧國際文化出版公司1989年版)、戴麗珠《詩與畫》一書(聯經出版社1978年版)等等。

卻有同質之處，近代藝術論者已漸能持此角度來審察詩畫的藝術美，學者稱之爲「出位之思」或「藝術換位」，〔註5〕我們權以「詩畫融通」一詞來定之。

　　由中國的詩畫歷史來看，不難發現《詩與畫》密切融合且相互孳長的軌跡，這種《詩與畫》的融通可分兩方面來探視：

一、詩中有畫的歷史——就詩歌傳統來看

　　所謂「詩中有畫」一詞，本自蘇東坡評王維詩而來，〔註6〕其意義簡而言之，即詩中具有畫趣，語言文字所完成的詩歌，同樣能具有圖畫藝術所擁有的意境、情趣與美感。這類詩其實自有詩歌以來便存在，金是沒有人具體指出其「詩中有畫」而已。換言之，以詩歌傳統來看，自有詩歌以來便有「詩中有畫」的作品，譬如詩經之〈北風〉、〈雲漢〉，詩云：「北風其涼，雨雪其雱」、「北風共喈，雨雪其霏」。又云：「倬彼雲漢，昭回于天」、「旱既大甚，則不可推。兢兢業業，如霆如雷。」、「旱既大甚，滌滌山川，旱魃爲虐，如惔如焚。」像這類以天候爲比興反映民生疾苦的詩，後漢劉褒尚且能爲之配圖，〔註7〕何況是詩中充滿山川自然景緻的作品，其圖畫意象必更鮮明生動，盎然紙面。

　　「詩中有畫」之意，在自然山水詩上才貼切地表現出來。東坡「詩中有畫」一詞原來也是特指意境而言，〔註8〕有意境之詩不必然是摹

〔註5〕「出位之思」見錢鍾書〈中國《詩與畫》〉一文，收於《文學研究叢編》第一輯，木鐸出版社 1981 年版。「藝術換位」爲饒宗頤引法國 Gaurtier 之語，見饒氏〈詞與畫——論藝術的換位問題〉一文，發表於《故宮季刊》八卷三期。

〔註6〕東坡在〈書摩詰藍田煙雨圖〉一文中指出：「味摩詰之詩，詩中有畫；觀摩詰之畫，畫中有詩。」

〔註7〕傳漢劉褒爲《詩經》之〈北風〉、〈雲漢〉二詩配了兩幅圖，這是中國最早的詩意圖，惜其畫不傳。此說見曾景初《中國詩畫》一書，頁 110 北京國際文化出版公司。

〔註8〕蘇軾論詩特別強調景外景，味外味，他對司空圖的味在鹹酸之外的說法特別推崇。（見其〈書黃子思詩集後〉一文）可見蘇軾論詩重詩

寫山水之詩，但摩寫山水之詩較能凸顯圖畫意境。這類擁有圖畫意境的作品在六朝山水詩及唐代自然詩中隨處可見。陶潛、謝靈運的田園、山水之作是後代畫家競相描寫的素材，唐人的自然之作，也是宋元以後畫家們絕好的圖畫題材，〔註9〕北宋郭熙在《林泉高致》中說過：「嘗所誦道古人清篇秀句，有發於佳思，而可畫者。」〔註10〕這正是「詩中有畫」的結果。

自然詩之所以較能傳達詩中有畫的效果，主要在於中國詩人以自然山水與老莊思想結合的精神傳統。因為自然詩中的田園山水能有主客一體、形神兼融之效，而且山川之美能巧妙地傳達中國讀書人仕隱之間微妙的心境，〔註11〕因而山水詩、自然詩也成中國詩歌傳統上的一大主流。

王維詩是這一大主流中被直接推譽為「詩中有畫」的代表，由於蘇東坡的具體立論，王維詩成了詩畫藝術進一步融合的第一人。我們從整個詩歌歷史來看，王維的自然詩確實也是使詩畫融通達到極致的

之意味，即今人所謂扗意境（word）。

〔註9〕以詩人佳句入畫的記載始於唐張彥遠《歷代名畫記》，其卷五晉明帝條下謂晉明帝有毛詩圖豳風七月圖，宋代郭若虛《圖畫見聞誌》卷五雪詩圖條下也記載善贊畫鄭谷雪詩詩意的故事。列宋代大畫家郭熙父子，已很有意識地詩中發現圖畫的題材。宋徽宗時在畫院考試的試題就是取古詩為之，諸如「踏花歸去馬蹄香」、「野水無人渡，孤舟盡日橫」及「亂山藏古寺」等。元明以降，畫人以前人詩意寫圖之事已成風尚，如陶淵明詩意圖、李白詩意圖等等，不勝枚舉，甚有專為唐詩而作的《唐詩畫譜》，足見詩之入畫一斑。近人曾景初《中國詩畫》、鄭文惠《明人詩畫合一之研究》二書都論及詩意圖之盛行。

〔註10〕郭熙之子輯《林泉高致》，記乃父之言於「畫意」條下，見于安瀾《畫論叢刊》上卷頁24，北京人民美術出版社1989年版。

〔註11〕關於自然詩與老莊思想、自然詩有助於詩畫相融、自然詩與隱逸思想之類的論題在許多文章中屢屢出現，如陳明玉〈中國山水畫與老莊思想〉一文，文史哲學報二十六期；李漢偉〈論「詩中有畫。畫中有詩」之遠近因及三種義界〉，台南師院學報第二十二期；李漢偉〈唐代自然詩與山水畫的關係〉一文，故宮文物月刊四卷八期等等，此不贅舉。

佳構。譬如王維的〈渭川田家〉充滿田園形象，斜陽、墟落、野老、田夫，自然如畫，王維最精彩的〈輞川二十首〉如〈鹿柴〉〈辛夷塢〉〈竹里館〉等等，卓章清麗如繪，﹝註 12﹞充分融合繪畫的光影色彩於文字中，不僅擅長景物的描摩，空間的營造，更深刻地寫出生命對自然的體悟，這正是釋道哲學的安頓處。王維一生由道入佛，身兼詩人畫家雙重身份，詩畫雙絕的造詣，使中國詩歌能達成詩畫融通的極佳效果。

　　由上可知，「詩中有畫」是詩歌傳統中自始至終存在的事實，只是到了唐代王維的手裡才凸顯了詩畫融通的藝術效果，而王維當世尚無此認識，直到北宋蘇東坡、黃山谷的詩畫合論，﹝註 13﹞才使「詩中有畫」一語成了宋元以後詩人創作的崇高準則。元詩值此盛會，前有陶謝王孟的自然詩藝為前導，後有宋代蘇黃的理論推波助瀾，加上北宋萌芽、南宋始興的文人畫在元代鼎盛，元詩因而得以結合詩畫藝術，蔚然挺秀，成一代風標。

二、畫中有詩的歷史──就繪畫傳統來看

　　據鄭昶《中國畫學全史》的分期，中國的繪畫歷史可分為實用、禮教、宗教化、文學化四期，﹝註 14﹞其中宋元明清為文學與繪畫藝術

﹝註 12﹞關於王維「詩中有畫」的成就歷來論王維詩者必然會舉證論述，諸如楊文雄《詩佛王維研究》第五章「王維詩的藝術特色──詩中有畫」，見文史哲 1988 年版，筆者《道心禪悅一詩佛──王維》一書，頁 127 也多所論述，見幼獅文化事業公司 1991 年版。

﹝註 13﹞詩畫合論之起源應早於六朝，但據今人戴麗珠的研究，最早引述詩畫關係的人是北宋宮庭山水畫大師郭熙《林泉高致》所提出的「詩是無形畫，畫是有形詩」，稍晚於郭熙者為蘇東坡的「詩畫本一律，天工與清新」（〈畫跋鄢陵王主簿所畫折枝二首〉）。見戴著《詩與畫》，聯經版，頁 2）。至於黃山谷（題畫詩）「李侯有句不肯吐，澹墨寫出無聲詩」一語，則使有形的畫變為無聲的詩，可見詩畫合論之風始盛於北宋蘇黃二人。徐復觀在〈中國畫與詩的融合〉中也說：「畫與詩在精神上的融合，把握得最清楚的在當時應首推蘇東坡，其次是黃山谷。」（見民主評論十六卷三期）

﹝註 14﹞見鄭昶《中國畫學全史》頁 3～5，上海書畫出版 1985 年版。

高度結合的時期，可見「畫中有詩」始盛於此。然而據蘇東坡品賞王維〈藍田煙雨圖〉推爲「畫中有詩」的語意源頭來看，「畫中有詩」的藝術成就應始於唐代。近人鄭奇在其〈中國文人畫史上重大問題的初步探索〉一文中更進一步上溯六朝，推尊劉宋時代的宗炳，王微是文人畫的遠祖，﹝註15﹞這又使得「畫中有詩」的歷史更早及於六朝劉宋時代。

其實就詩畫藝術同體異質﹝註16﹞的角度來看，「畫中有詩」同「詩中有畫」一樣，應是在詩畫藝術的起源時期即已隱微存在的事實，詩之有畫趣可上溯書經，畫之有詩趣何嘗不始於先秦，只因畫風流變，漢代以前作畫尙形象，六朝始重形神之辨，﹝註17﹞論者遂以六朝爲詩畫融合之肇始，東坡進一步以唐代王維的詩畫藝術合而論之，完成「詩中有畫，畫中有詩」的千古之論。

我們捨一切紛雜之說，純就繪畫史上存在的事實來看，畫中有詩的現象應有兩層，一是抽象的，指圖畫中有詩的意境，進一步特指所謂「詩意圖」及文人畫作中的意境說；一是具體的，指圖畫上題有詩句，即宋元明清文人畫上的「題畫詩」，﹝註18﹞這兩層意義是畫中有

﹝註15﹞鄭氏此論見於《中國畫論》，頁101，駱駝出版社1987年版。

﹝註16﹞許多藝術理論家多認爲詩畫藝術是同體異質，譬如托爾斯泰《藝術論》認爲：「一個中國人的眼淚和笑聲會感染我，正像一個俄國人的笑聲和眼淚一樣，繪畫、音樂和詩也正是這樣。」文學出版社1958年版，頁102～103。托爾斯泰視繪畫、音樂和詩同爲藝術語言；又如黑格爾在其《美學》卷四，則認爲詩歌延了彫塑藝術造型上的明晰性，詩歌既是空間藝術又是時間藝術。木鐸出版社。在本節開始時，筆者即論及詩爲時間藝術，畫爲空間藝術，此處可見黑格爾對詩畫相通處，進一步的補充。由此可見詩畫雖異體，卻同質，其表現的媒介不同、型式不同，藝術本體則相通。這種同體異質的特色，在宋元文人畫上被強化出來。

﹝註17﹞戴麗珠《詩與畫》指出：「漢代文士如蔡邕、趙歧，作畫以畫象爲主，並不表達個人的自我意念。到了魏晉南北朝，求眞唯美以及傾向自然的風尙興起」（聯經1978年版，頁51）我們參看俞崑《中國繪畫史》或鄭昶《中國畫學全史》也可以看出端倪。

﹝註18﹞此處所謂「題畫詩」特指題在畫幅上的詩，與六朝以來名爲題畫，

詩的關鍵，其焦點都落在文人畫上，其時代也都在宋元之後，最遠只能及於唐之王維或六朝之王微、宗炳。

「詩意圖」的產生是詩畫同質異體的結果。西方藝術家也不斷有從史詩中尋求繪畫題材之舉，譬如克路斯伯爵（Count Caylus, 1682～1765）在一七五七年出版了《從荷馬的《伊利亞特》和《奧德賽》以及維吉爾的《伊尼特》中所找出的一些畫面，附戴對於服裝的一般觀察》一書，就是從古詩中找出繪畫題材的例證。〔註19〕中國繪畫史上這種以詩句配圖的例子更早，前述漢代劉褒爲《詩經》配圖即是一例。然而西方這種「詩意」以及劉褒配圖的「詩意」都不是「畫中有詩」的詩意。六朝時代能詩能畫的文人不少，這類以詩意爲圖的事實必然存在，只可惜文獻汗漫，資料不傳，但從宗炳《畫山水敘》和王微《敘畫》中所傳達出「澄懷觀道」「此畫之情也」的畫學觀念，〔註20〕亦不難窺知，在六朝山水文學極致發展的時代，其繪畫中講求文人情致思想的事實已然存在。

「詩意圖」的風尙在宋代畫作中已大量實踐，繪畫必以詩情爲尙的理論也勃興於此。宋微宗翰林圖畫院的考試必以詩句爲題，傳聞當時有「踏花歸去馬蹄香」一題，拔得頭籌者畫的是一群蜂蝶，追逐馳馬之蹄，用以顯示詩句中「香」字的蘊意，〔註21〕鄧椿《畫繼》卷一，徽宗條下亦記載了「野水無人渡，孤舟盡日橫」及「亂山藏古寺」等

實爲詠畫、論畫，未直接成爲畫幅結構者不同。

〔註19〕 Caylus 所著此書筆者未能親睹，資料轉引自朱光潛譯《拉奧孔》，元山書局 1985 年版，頁 63。

〔註20〕 宗炳《畫山水敘》指出「夫理絕於中古之上者，可意求於千載之下，旨微於言象之外者，可以取於書策之內。」正說明了畫以微旨高意爲尙的事實。王微《敘畫》指出：「望秋雲，神飛揚；臨春風，思浩蕩。……嗚呼！豈獨運諸指掌，意以明神降之。此畫之情也。」個中的「神」、「思」、「明神」，都指繪畫中深刻的意蘊，二人的理論不啻是宋代文人畫論之先河。

〔註21〕 見唐志契《繪事微言》，見《畫論叢刊》上冊，人民美術出版社 1989 年版，頁 131。

試題。〔註22〕此外北宋畫家，范寬、董源，南宋馬遠、夏珪，馬麟、李嵩等都曾以李白、杜甫、白居易、柳宗元、蘇軾等人之詩為題作畫，〔註23〕可見當時詩意圖之盛。

其實單從「詩意圖」來看「畫中有詩」是不夠的，推究文人畫所講求的詩歌意境才是「畫中有詩」的根本。「畫中有詩」的基本精神就在北宋蘇黃一派所推崇的文人畫旨上。

所謂「文人畫」在東坡時名為「士人畫」，指飽讀詩書的士大夫文人畫家，以文學思想、趣味融入繪畫的表現。〔註24〕東坡是第一個以「士人畫」與「畫工」對立而凸顯出圖畫的文學旨趣者，〔註25〕他在〈跋漢傑畫山二首〉之二云：

觀士人畫，如閱天下馬，取其意氣所到。乃若畫工，往往只取鞭策皮毛槽櫪芻秣，無一點俊發，看數尺許便倦。漢傑真士人畫也。

〔註22〕鄧椿《畫繼》卷一。

〔註23〕董源〈瀟湘圖卷〉，據《宣和畫譜》載，董其昌謂之「取洞庭張樂地，瀟湘帝子游二語為境一，范寬，馬遠、夏珪等人之詩意圖亦為近代詩畫學者多所論及。張靜二〈試論文學與其他藝術的關係〉一文指出：「許多詩辭文都成了畫，陶潛〈東籬采菊〉、〈歸去來辭〉、〈桃花源記〉曾由趙孟頫、石濤等名家繪成圖畫，他如范寬將柳宗元〈江雪〉畫成〈寒江釣雪圖〉，馬麟將蘇軾〈海棠詩〉畫成〈秉燭夜遊圖〉……。」見《中外文學》一九二期。高木森〈士人畫的分期與文人畫的發展〉一文也指出：「宋徽宗主持的書院，考試必用古詩為題，而南宋馬遠、夏珪、馬麟、甚至李嵩等皆曾以李白、杜甫、白居易、蘇軾等人的詩意為題作畫。」見《故宮文物月刊》三十八期。

〔註24〕關於「文人畫」的定義，近代許多詩畫學者多曾論及，如陳雨島〈論文人畫〉見《藝壇》一三一期，高木森〈文人畫定義試析〉，見《故宮文物月刊》三卷十期、柳時〈論文人畫〉，見《中國美術》四期、金秀才〈論文人畫〉，見《中國美術》五期、卜壽珊（Susan Bush）〈北宗文人的繪畫觀〉，見《國立編譯館刊》十一卷二期、鄭奇〈中國文人畫史上重大問題的初步探索〉，見《中國畫論》駱駝出版社 1987年版等等。

〔註25〕此見 Dr. Susan Bush，《The Chinese Literatian Painting: Su Shih to Tung Chi-chang》，《國立編譯館館刊》十一卷二期載姜一涵、張游翼譯其一、二章為〈北宗文人繪畫觀〉一文。

這個論點始創了「士人畫」一詞，同時也指出畫中之「意氣」的重要。東坡一連串詩畫合論的主張，使「士人畫」的精神與詩歌圓融結合。東坡之外，較早的歐、梅，同時的黃山谷、晁補之都持此論，〔註26〕這一流派的繪畫美學，使中國繪畫從六朝之宗炳、王微，唐之王維，五代之徐熙、荊浩，宋之董源、李成、郭熙、馬遠、夏珪等人的繪畫有了精神旨趣的揭櫫。因而到了元代，承此思潮，又遭逢時局之變，元人的繪畫融入了隱逸思想與儒家志節，堂堂登上文人畫「尚意」「尚氣節」的實踐時代，〔註27〕使繪畫與詩歌作了最成熟的結合。

　　其實文人畫旨在宋代蘇東坡、文同等人身上已進入實踐功夫，只是宋畫的總體仍以「院體」爲主，文人畫的藝術在元代，特別在元四大家黃公望、吳鎭、倪瓚、王蒙身上才圓融完成。元代異族入主中原予文人提昇藝術的有利激素，元代文人在斯文典型的感慨及生不逢時的悲哀下，投身山林，以筆墨意趣完成開創性的詩畫藝術，而這股創作風氣在四大家人格修養與藝術技巧的雙重經營下臻於登峰造極的表現。〔註28〕

〔註26〕歐陽修〈牛車圖〉一詩云：「古畫畫意不畫形，梅詩詠物無隱情，忘形得意知者寡，不若詩如見畫。」詩中題到梅堯臣題畫，可見歐、梅對詩畫見解之一斑。黃山谷「胸中丘壑」說、晁補之「書寫物外形」「詩涉畫外意」等，也可以看出蘇東坡之門派下的詩畫說。關於此點，前引〈北宋文人的繪畫觀〉一文述之已詳。

〔註27〕文人畫的實踐在元代成熟，這是一般畫史及藝論上的主張，王世貞《藝苑巵言》指出元畫到高克恭時「直寫意取韻而已，當時人極重之，宋體爲之一變。」鄭昶《中國美術史》也指出「元代的繪畫，以文人畫的畫風爲最顯著」、「元代末葉的作家，多用乾筆擦皴，淺降烘染，思想益趨解放，筆墨益形簡逸，……和宋代的畫風大不相同。」見中華書局1962年台二版頁93、94。

〔註28〕關於元代畫風及《元四大家》的藝術成就，論者頗多，除一般繪畫史外，散篇有王禮溥〈元山水畫的寫意時代〉見《幼獅月刊》四時卷五期、〈胸中丘壑──宋元的繪畫〉見《中國文化新論──藝術篇》聯經出版社1982年版，頁505、沈以正〈元代繪畫〉見《中華文化復興月刊》五卷十一期、呂佛庭〈論元四大家〉，見《美術論集》、張光賓〈元四大家〉故宮博物院1984年版、〈元四大家的繪畫藝術〉見《台東師專學報》第六期等等。

　　元代繪畫的整體成就以山水爲主，近人鄭奇論元畫的特質指出：
「第一、它成爲文人託寓的媒介，他們認爲唯有蓬勃無盡、變化豐富
的山水景觀，最能表現文人心中起伏的變化。第二、山水畫的表現方
面，元代畫家摒棄了南宋盛行之煙霧迷漫的氣氛，而著重以乾筆皴法
寫山石林木，以顯山川蒼茫氤氳之象，得大自然的神氣。」〔註29〕由
此可見元代文人畫技進於道的表現更在宋朝之上。特別是在山水畫
上，元畫是中國畫史上的高峰，這點與詩歌以自然詩、山水詩較能傳
達詩中有畫的意義相疊合。

　　元畫尙寫意、畫中有詩的表現雖以山水爲重，但花鳥竹石的文人
格調在宋末鄭思肖、元末王冕等文人身上仍然淋漓顯現，據近人葛路
的考訂，元人寫竹石墨蘭者約佔畫人之三分之一。所以論畫中有詩的
文人畫並不只限於山水畫上，應擴及於花鳥竹石等自然物上。

　　在元代「畫中有詩」的實踐中，「題畫詩」是值得一提的表現。
題畫詩的產生要上溯到戰國時期，〔註30〕但題畫詩成爲繪畫藝術之一

〔註29〕引自前述《中國文化新論──藝術篇》一書頁 524。鄭奇〈中國文
　　　人畫史上重大問題的初步探索〉一文也提到，董其昌分論南北宗只
　　　限於文人山水畫，元代梅蘭竹也盛行，但比之於山水畫仍居晚熟之
　　　地位，文人花鳥畫的高度成尔要在明末石濤、八大山人、清之八怪
　　　身上。鄭氏此文收於《中國畫論》頁 97，駱駝出版社 1987 年版。
〔註30〕據近人戴麗珠的考察，戰國汲郡魏襄王冢掘出的竹簡中有「圖詩」
　　　一篇為類似畫贊之詩體，是中國最早的題畫詩。見《詩與畫》聯經
　　　1978 年版，頁 18。虞君質〈中國畫題跋之研究〉亦論及，見《故宮
　　　季刊》一卷二期。六朝詩文集中也有四言八句的「贊」，實為韻文詩
　　　體。如曹植的〈庖羲且贊〉、沈約的〈繡像贊〉、郭璞的〈山海經圖
　　　贊〉等，此外詠畫詩、題畫小贊，題圖歌辭等題畫詩作亦不在少數，
　　　可見六朝為畫題詠的風氣已開，唐時此類詩作已大量產生，近人孔
　　　壽山編有《唐朝題畫詩注》蒐羅唐戴題畫詩人七十餘家之作。（見四
　　　川美術山版社 1988 年版）。但唐代的題畫之作並不寫在畫上，故有
　　　人名之為「論畫詩」而不稱之為「題畫詩」。如王伯敏《李白、杜甫
　　　論畫詩散記》浙江、西泠印社 1983 年出版。另清沈德潛《說詩晬語》
　　　云：「唐代以前未見題畫詩，開此體者老杜也。」這個說法已受今人
　　　否定，如前引戴麗珠《詩與畫》頁 16、王伯敏《李白、杜甫論畫詩
　　　散記》頁 4，都指出杜甫之前已有此體，只是在杜甫時，題畫詩才開

則始盛於元代，﹝註31﹞宋元以前的題畫詩只作敘畫、贊畫、論畫之用，宋元時期的題畫詩則眞正成爲圖畫結構之一，與圖畫產生融合、互補、辯證的效果。﹝註32﹞

綜合本節所論，我們可由詩畫融通的歷史看出三點結果：

1. 詩畫融通的理論始盛於宋，但實際的功夫則在元詩及元畫上才進一步完成。

2. 詩畫融通的藝術特點在山水、田園或竹石花鳥等描摹自然的作品上較能具體展現，不論詩或畫皆然。

3. 姑不論繪畫藝術的成就如何，純以詩歌的本位來看，詩畫融通的結果對詩歌藝術性的增強有正面的意義，﹝註33﹞同時也

出異境。

﹝註31﹞「題畫詩」成爲藝術格局之一，意指詩題於畫幅之上。明沈顥《畫塵》云：「元以前多不用款，款可隱之石隙，恐書不精，有傷畫局。」清鄭績《夢幻居畫學簡明》中也説：「唐宋之畫，間有書款，多有不款者，但於石隙之間，用小名印而已。自元以後，書款始行。」分見《畫論叢刊》上卷頁134、下卷539。由此可見眞正的「題畫詩」始行於元。然近人李德壎《歷代題畫詩類編》則認爲題畫詩成爲繪畫藝術構圖的一部份始於宋，見方氏書，頁5，山東教育出版社1987年版。其實二説並不矛盾，眞正的「題畫詩」於宋代開始，元代興盛，故前人有「元人始行」之説，近人戴麗珠《詩與畫》頁16、鄭因百〈題畫《詩與畫》題詩〉見《中外文學》八卷六期，都持此説。

﹝註32﹞鄭因百〈題畫《詩與畫》題詩〉一文認爲「題畫詩」的作用有八字：「詩畫相發，情境交融」，所謂「相發」、「交融」正是筆者「互補」、「融合」、「辯証」之意。廖炳惠〈《詩與畫》之辯証〉一文特別強調「辯証」作用，見《中外文學》十六卷十二期。李漢偉〈論「詩中有畫，畫中有詩」之遠近因及期三種義界〉則界定詩畫關係在「有無」、「互補（相濟）」、「辯証」三層次，見《台南師院學報》二十二期。

﹝註33﹞一般論詩畫融通都側重在強勢藝術（詩）對弱勢藝術（畫）的主導下，所造成的繪畫藝術之開拓，很少人能就詩所受的影響加以闡發，只前引鄭因百〈題畫《詩與畫》題詩〉一文，約略題及「題畫詩可以增加詩的藝術性」一語。此外，溫肇桐〈淺談題畫詩〉一文認爲：「詩歌加強或突出了繪畫的主題意義；反過來，繪畫補托出了詩歌的風采和韻味」，此語似乎間接証成了詩畫融通對詩歌藝術性的加強。見《明清花鳥畫題畫詩選注》一書之序，四川美術出版社1988

造成了新詩類的勃興 —— 「題畫詩」盛行於元。

第二節　詩畫融通之基礎

　　由上節的推衍可知，詩畫融通的理論始盛於宋，實踐於元，並且也了解，摩寫自然界之山水田園的題材特別能貼切表現詩畫融通的特色。因此，我們必須進一步就宋元詩畫合論的主題觀點加以考察，以了解詩畫融通之所在，才能具體說明元詩在詩畫融通上的具體表現。為了使詩畫融通的基礎點能具體呈現，我們不免要參核早於宋元的其他藝術理論，包括創作論及鑑賞論，特別是關涉山水田園等藝術之源者，至於明人綜合宋元詩畫所歸納的藝術觀點也在檢證之列，這樣才能明晰呈現元代詩畫融通的藝術走向。

　　徐復觀在〈中國畫與詩的融合〉一文中指出：「詩由感而見，這便是詩中有畫；畫由見而感，這便是畫中有詩。」〔註34〕這句話點出融合的基礎在「見」與「感」的層次，徐氏更進一步指出「畫與詩的融合，即人與自然的融合。」〔註35〕因此我們可以具體以「自然 —— 人 —— 詩畫」的向度作為考察。

　　人對自然的體會形諸於詩畫，以六朝為較具自覺的時代，六朝的繪畫美學上已有了形神的思辨，這正是徐氏所謂「見」與「感」的層次。晉顧愷之〈魏晉勝流畫贊〉云：

　　　　有一豪小失，則神氣與之俱變矣。

又云：

　　　　物象神儀，以心手表達。〔註36〕

這裡明白點出「物象」與「神儀」「神氣」的重要，這是形神兼寫的

　　　年版。
〔註34〕見徐復觀《中國藝術精神》，學生書局 1976 年五版，頁 483。
〔註35〕同註 1。
〔註36〕分見傅抱石《中國繪畫理論》，華正書局 1984 年版，頁 41，及俞崑
　　　《中國畫論類編》華正書局版，頁 347。

要求。中國的繪畫以摩形開始，入六朝已有傳神的要求，顧愷之一生以善寫人物畫見著，但其繪畫觀點已是藝術精神的通論，人物畫中形神的關係，在山水畫中即為自然景物之物象與氣韻的關係，因此到謝赫《古畫品錄》即以「氣韻生動」為六法之一，〔註37〕用來通論人物與山水畫。顧、謝二人的理論原則上都以「作品」的觀點，融合創作與鑑賞兩種不同層次立論。到了五代時，宗炳的〈畫山水序〉、王微的〈敘畫〉相繼出現，正式邁入山水畫論的開端。宗炳〈畫山水序〉提出：

> 聖賢映於絕代，萬趣融其神思，余復何為哉，暢神而已。
>
> 〔註38〕

王微的〈敘畫〉標舉：

> 豈獨運諸指掌，亦以神明降之，此畫之情也。〔註39〕

二者都以創作者及欣賞者的精神狀態要「暢神」「神明降之」為立論，使作品之形象、神韻（氣韻）溯回到作者之精神思想，同時也進入欣賞的精神意識中，這是「自然 —— 人 —— 詩畫 —— 人」的理論，所以形神的概念已不僅止於作品而已，它同射包涵了創作意識及審美意識。

　　六朝的繪畫提供了藝術理論的形神觀，詩文理論中也同樣有此豐富的論見，如劉勰《文心雕龍》之「神思」、鍾嶸《詩品》之「斯四時之感諸詩者也」等，這種觀念直接影響唐宋的詩人及《詩論》家、如盛唐杜甫「揮翰綺繡揚，篇什若有神」，唐末司空圖《詩品》論詩歌要「神躍而色揚」，宋嚴羽《滄浪詩話》云：「詩之極致有一，曰入神。」〔註40〕凡此，都是等同於「自然 —— 人 —— 詩畫」之間的形神思維，

〔註37〕謝赫的六法一為氣韻生動，二為骨法用筆，三為應物象形，四為隨類賦彩，五為經營位置，六為傳移模寫。見近人葛璐在其《中國古代繪畫理論發展史》頁三十四中指出：「氣韻就是顧愷之所說的神，謝赫自己也稱氣韻為神韻」丹青圖書公司 1987 年版。

〔註38〕見《畫論叢刊》本上卷，頁 1。北京人民美術出版社 1989 年版。

〔註39〕同註 5。

〔註40〕以上所引文字見杜甫〈贈太子太師汝陽群王璉〉詩，司空圖語見郭

因此，我們可以說，詩畫融通的基礎即在於人與自然之間的形神觀感上。

然而宗炳，王微畢竟只是文人畫論的遠祖，眞正考察文人畫論之詩畫融通，仍需以宋元理論爲對象。在北宋一片詩畫融通的風潮下，歐、梅、蘇、黃是幾個重要人物。歐陽修在其〈盤車圖〉一詩中有一段詩畫對比的立論：

> 古畫畫意不畫形，梅詩詠物無隱情。
> 忘形得意知者寡，不若見詩如見畫。〔註41〕

這首詩是針對梅堯臣題楊生藏畫詩而發，詩中指出詩畫之間微妙的關係在「形」與「意」、「物」與「情」，詩畫都以能寫物寓情，摩形寄意爲尚，但歐陽修在此中透露了「忘形得意」的觀點。歐陽修〈六一詩話〉中記載了梅堯臣要求一位好詩人必具的條件是：

> 必能寫難狀之景如在眼前，含不盡意見，見之言外，然後
> 爲至矣。〔註42〕

由此可見歐梅論詩畫的要求均在物形與情意兼得。晁補之有一首和蘇詩同樣傳達了這個觀點：

> 畫寫物外形，要物形不改。
> 詩傳畫外意，貴有畫中態。〔註43〕

黃山谷也說：

> 吾事詩如畫，欲命物之意審。〔註44〕

這樣的形意觀大抵不脫六朝形神論，只是使「六朝」神韻觀點中的「思想」成分更具體展現出來。其實「意」字的使用在王維《山水論》中已提到：

> 凡畫山水，意在筆先。

　　　紹虞《詩品集解，續詩品注》頁50，嚴羽語見《歷代詩話》頁687。
〔註41〕見《歐陽文忠公文集》卷六。
〔註42〕見《歐陽文忠公文集》卷一百二十八。
〔註43〕見《雞肋集》卷八。
〔註44〕黃山谷此語見晁補之〈跋魯直所書崔白竹後贈漢舉〉中，《雞肋集》
　　　　卷三十。

宋郭熙《林泉高致》也強調：

> 巧手妙意，洞然於中。〔註45〕

王維、郭熙都是文人畫關鍵人物，可見六朝的形神觀在文人畫中已被強化爲形意觀。

　　蘇東坡是繼歐陽修「忘形得意」說使北宋形意觀進一步成重意略形，使形意觀成爲重神似略形似的重要人物。他在〈畫鄢陵王主簿所畫折枝二首〉之一中論到：

> 論畫以形似，見與兒童鄰，
>
> 賦詩必此詩，定非知詩人，
>
> 詩畫本一律，天工與清新。〔註46〕

這首詩引起後來詩畫論者不少誤解與爭議，〔註47〕但它傳達了詩畫在「形似」之外更重「神似」的觀點應是可以肯定的。東坡這裡同時指出「天工」與「清新」的境界，這是元代詩人及畫家所爭尚的準則。東坡〈跋漢傑畫山二首〉之一也說：

> 觀士人畫如閱天下馬，取其意氣所到。〔註48〕

〔註45〕以上二則資料引自傅抱石《中國繪畫理論》，華正書局 1984 年版，頁 36。此外唐張彥遠《歷代名畫記》所謂「意存筆先，畫盡意在」、「意不在於畫，故得於畫」等，都已揭櫫「意」的重要。王維《山水論》據云爲五代人僞托之作，可見「意」字在唐五代已爲論者所重。

〔註46〕見《蘇東坡集》前集，卷十六。

〔註47〕從金王若虛開始，東坡此詩已受議論。《滹南詩話》卷三十九云：「夫所貴於畫者，爲其似耳，畫而不似，則如勿畫。命題而賦詩，不必此詩，果爲何語？然則坡之論非歟？曰論妙在形似之外，而非遺其形似。」明李贄《焚書》卷五〈讀史・論畫〉一文也認爲：「畫不徒寫形，正要形神在；詩不在畫外，正寫畫中態。」這一派的說法都認爲東坡兼形神而貴神。但明楊升庵則批評東坡詩中：「此言畫貴神，詩貴韻也，然其言偏，未是至者。」李卓吾也說「改形不成畫，得意非畫外」，二家之言通見於李贄文中，可見東坡此言在後世所受的爭議。東坡的藝術見解中雖未直接提出形神兼得的看法，但從繪畫立場畫家無形似基礎而一味求神似也不可能，明王世貞《藝苑卮言》說：「山水以氣韻爲主，形模寓乎其中，乃爲合作。」因此我們寧取王若虛、李贄的看法。

〔註48〕見《蘇東坡集》前集。

另一篇〈李公麟山居圖跋〉則指出：

> 居士之在山也，不留於一物，故其神與萬物交，其智與百
> 工通。〔註49〕

這兩段文字一從鑑賞入，一從創作入，分別提出「意氣所到」及「神與萬物交」「不留於一物」的重神似論、重意氣論。蘇東坡之外，沈括、鄧椿也都持此觀點。鄧椿在《畫繼》中說：

> 畫之爲用大矣！盈天地之間者萬物，悉皆含毫運思，曲盡
> 其態。而所以能曲盡者，止一法耳。一者何也，曰傳神而
> 已矣。世徒知人之有神，而不知物之有神，此若虛深鄙眾
> 工，謂雖曰畫而非畫者，蓋止能傳其形不能傳其神也。故
> 畫法以氣韻生動爲第一。

沈括《夢溪筆談》也提到：

> 書畫之妙，當以神會，難可以形器求也。〔註50〕

由此可見，宋代文人畫論的觀點中，詩畫以「神似」「氣韻生動」「意氣」爲重。然而宋人並非捨形似而求神、意。這點是必須加以釐清的。〔註51〕

元代的畫論承此「形神」「形意」觀，特別是在「重神」「重意」的觀點下發展的「寫意」「寓興」的浪漫主義。〔註52〕趙孟頫云：

> 作畫貴有古意，若無古意，雖工無益。……吾所作畫，似
> 乎簡率，然識者知其近古，故以爲佳。〔註53〕

倪瓚云：

> 以中每愛余畫竹，余之竹聊以寫胸中逸氣耳！豈復較其似

〔註49〕見《蘇東坡集》前集。

〔註50〕以上二資料引自傅抱石《中國繪畫理論》，頁44。

〔註51〕在註12中我們已提出蘇東坡所引起的爭議，並爲蘇之神似說辨議，此不贅述。近人葛路《中國古代繪畫理論發展史》頁95也爲蘇辨護說：「從歐陽修到蘇軾都強調神似，而強調神似不等於不要形似。」丹青圖書公司1987年版。

〔註52〕「寫意」「寓興」爲元代繪畫理論之主流，此說詳見於石守謙《元代繪畫理論之研究》，頁25，民1977年台大歷史所藝術組碩士論文。

〔註53〕見鄭昌午《中國畫學全史》頁308所引，上海書畫出版社1985年版。

與非，葉之繁與疏，枝之斜與直？或塗抹久之，他人視以
爲麻，爲蘆，僕亦不能強辨爲竹。眞沒奈覽者何！〔註54〕

湯垕的《畫論》更指出：

俗人論畫，不知筆法氣韻之神妙，但光指形似者，形似者
俗子之見也。

觀畫之法，先觀氣韻，次觀筆意，骨法位置傳染，然後形
似。此六法也。〔註55〕

從趙孟頫的「古意」，倪雲林的「逸氣」，湯垕的「氣韻神妙」，我們
可以知道，元代的藝術思潮完全籠罩在「寫意」「神韻」的觀中。即
如梅竹蘭畫，湯垕也認爲：

畫梅謂之寫梅，畫竹謂之寫竹，畫蘭謂之寫蘭，何哉，蓋
花卉之至清，畫者當以意寫之，不在形似耳。陳去非詩云：
意足不求顏色似，前身相馬九方皋，其斯之謂歟。〔註56〕

由此可見，元代「寫意」說不止於山水畫科，於花鳥竹石上也以「寫
意」爲尙。然而元代寫竹的畫譜更直接把「意」定位在德行操守上，
李衎《竹譜》說：

竹之比德於君子者，蓋稟天地之和，全堅貞之操，虛心勁
節，歲寒不變。〔註57〕

由是，作者在寫竹之時，同時也注入了自己的人品與氣節。這與王冕
畫梅，鄭所南畫蘭一樣，同以自然之物表達文人志節。

另一個與「寫意」相似的命題是「寓興」，寓興指「托物寓興」、
〔註58〕元虞集〈跋陳容之龍圖〉云：

士君子受民社之寄，豈以弄戲翰墨爲能事哉？其必有托興
者矣。〔註59〕

〔註54〕同註20。

〔註55〕見《畫論叢刊》本上卷，頁61、62。

〔註56〕同註22頁61。

〔註57〕見《元人畫論論著》，世界書局版。

〔註58〕此見石守謙《元代繪畫理論之研究》，頁25。

〔註59〕見《道園學古錄》卷十一，頁26。

虞集所謂「托興」即宋代《宣和畫譜》評文同墨竹所云之「托物寓興，則見於水墨之戲」，〔註60〕同樣也是黃公望味李成「秋嵐凝翠圖」所云之「興來漫寫秋山景，妙入毫末窮杳冥」。〔註61〕據近人石守謙的研究認為，「寓興」可以視為創作前的動機，實際上支配其活動的引導則是「寫意」，〔註62〕因此我們仍可以「寫意」來貫串元代整體的藝術觀。

　　以上元代以來的「寫意」觀泰半以畫論為例，其實就蘇東坡「詩畫一律」的觀點來看，宋元詩歌理論也是環繞在尚意的要求下，這類的論點在元集中隨意可以拾得，如柳貫〈奉皇姑魯國長公主教題所藏巨然長江行舟圖〉云：

　　　善畫如攻詩，意到即奇警，
　　　蓋其疏雋姿，筆墨無容騁。〔註63〕

又如劉因〈入山〉詩云：

　　　天公若會登臨意，可信傷心畫得成。〔註64〕

元代許多《詩論》文字也都以「性情」「微意」為尚，如楊載《詩法家數》之「先立大意」、「寫感慨之微意」等等。詩以抒情述志為主，其融通於繪畫之「寫意」觀是不必費言的。

　　綜上所論，我們可以看出從六朝形神觀念以來一直到元代，詩畫融通的基礎都環繞在「自然 —— 人 —— 詩畫」三個層次的物體形象與神韻，人的情意及思想上，甚至包括「興」趣，也就是「模形」「傳神」「氣韻」「寫意」等命題，這些命題在元人詩畫融匇的實踐下，以自然景物為題材的詩歌大量產生，以詩配畫的題畫詩在詩畫史上異軍突起，而創作者的「意」、「興」、「情志」也在詩歌中結合自然景物凝鍊昇華，形成元詩重情意、尚興味的思致。所以我們展讀元代詩集時

〔註60〕見《宣和畫譜》卷二十，頁7。
〔註61〕見《道園學古錄》卷二十八，頁250。
〔註62〕見石守謙《元代繪畫理論之研究》頁30。
〔註63〕見柳貫《待制集》卷一，文淵閣四庫全書本，頁3。
〔註64〕見劉因《靜修集》卷一，文淵閣四庫全書本，頁33。

才會感覺到一片景色如繪、情思綿緲的詩情畫意。

　　詩畫融通除了上述藝術創作的主要基礎外，在技法上也顯然有相互浸泌的地方。以詩歌爲本位來考慮，詩法對繪畫的影響，我們不必去考察，畫法泌入詩歌的地方，似乎值得細加辯認，譬如元詩明顯地重光影而略顏色，在歷代寫景詩多塗敷色彩的傳統下，元詩隱去鮮麗色彩，顯然與宋元以來文人畫尙水墨的繪畫技法有關。唐王維《山水訣》即提倡水墨畫法：

　　　　夫畫道之中，水墨最爲上。肇自然之性，成造化之功！〔註65〕

在王維一系的文人畫風上一直是以簡淡爲宗，這種素樸淡遠的表現方式與水墨有極大的關係，宋元山水畫一直是以水墨山水、淺絳山水爲主，〔註66〕這是中國文人空靈意識的極致表現。〔註67〕近人李沛指出：「宋元有思想的文人畫士們，摒去色彩重用水墨，以寫自然界之一切具象和抽象，表現若隱若現、載浮載沈、無可言狀的人生。」宋元人「寫意」的繪畫觀念也唯有水墨才能傳達。水墨是無色而具萬色，適足顯現文人內心深邃的冥思，元詩中不著色彩字，純以意象表現；即類於水墨畫。

　　宋元文人畫另一特色是「餘白」的運用。所謂餘白就是畫中筆墨痕跡的空白處，類似詩文上的「言外之意」，可以導鑑賞者的思維向無窮。清代笪重光《畫筌》說：

〔註65〕見傅抱石《中國繪畫理論》，頁47。

〔註66〕一般人只知元黃公望之淺絳山水，四大家之水墨山水，其實北宋時期已然。徐復觀《中國藝術精神》頁301指出：「水墨和淡彩山水畫發展的高峰，乃出現於第十世紀到十一世紀百餘年間的北宋時代。從荊浩、關仝、董源、巨然、郭忠恕、李成、范寬、許道寧（以上屬於十世紀），到郭熙、宋迪、李公麟、王詵、文與可、趙大年、米芾（以上皆屬十一世紀），都是能自成一家的大畫家。與可雖以畫竹著名，然其精神實與水墨及淡彩山水一脈相通。」

〔註67〕姚孟谷在〈中國水彩畫探源〉一文指出：「水墨畫的興趣最主要的還是思想問題。」見《美術學報》創刊號。近人李沛在〈論重水墨尙餘白的宋元文人畫〉一文透過宋元文人思想考察，認爲水墨與宋明理學的「靜觀」「妙悟」，禪宗的「空無」思想有關。

> 一色以分明晦，當知無色處之虛靈。

又云：

> 空本難圖，實景清而空景現，神無可繪，真境逼而神境
> 生。……虛實相生，無畫處皆成妙境。〔註68〕

由之可見餘白是虛處，與實景處有相互闡發的作用，水墨畫中無色之餘白是神思所寄處，這和司空圖論詩「不著一字，盡得風流」和嚴羽「羚羊掛角，無跡可尋」的意蘊正好相合。餘白同時也是一種情景相融的表現手法，無景處是情之所寄，因此宋之繪畫常以空曠、簡略的筆法描繪景物，將文人無盡的情思寄於虛白處，使虛實相生，情景交融。特別是元代詩人畫家之重餘白更盛於宋，如四大家多脫離寫景之形似，專在聿墨上求神趣，以孤臣孽子之心，藉畫表遺恨，因此元畫比宋畫更空靈，「寫意」的趨向更上一層，完全以空曠虛杳的境界為勝。〔註69〕

此外，文人畫還有一特點是畫中景物的流動效果，以現代繪畫名詞言之，即「散點透視」，畫中景物可以不同的時間，不同的角度觀察而融合顯現。宋速熙《林泉高致》論所謂「三遠」法云：

> 自山下而仰山巔，謂之高遠；自山前而窺山後，謂之深遠；
> 自近山而望遠山，謂之平遠。〔註70〕

這種不同角度的透視方式，近人宗白華解識的非常恰當，他在〈《中國詩畫》中所表現的空間意識〉一文中說：

> 中國畫的透視法是提神太虛，從世外鳥瞰的立場觀照全整

〔註68〕以上二條引自《畫論叢刊》本上卷，人民美術出版社，頁170。

〔註69〕這個論點主要見李沛〈論重水墨尚餘白的宋元文人畫〉收於「中華學術與現代文化」(五)《美術論集》。其實中國繪畫史上的相關研究也多主張元畫的空靈風格。唐君毅《中國文化之精神價值》第十章論「《中國藝術精神》」亦指出：「中國之畫與書法同源，故亦重用線條。用線條則有書法美，有虛白處，而能有疏朗空靈之美。……至宋元以降所謂文人畫，而達畫中最空靈之境界。……元人所謂虛白中有靈氣往來是也。」

〔註70〕郭熙《林泉高致》〈山水訓〉一篇所云。收於《畫論叢刊》本上卷，頁16，人民美術出版社1989年版。

的律動的大自然，他的空間立場是在時間中徘徊移動，遊目周覽，集合數層與多方的視點，譜成一幅超象虛靈的詩情畫境。〔註71〕

當然這種經營位置之法，多用於山水畫中，特別是文人山水畫上，山巒之遠近大小、陰晴在全鏡透視中，陰陽開闔，咫尺千里，使文人心象躍然紙上。而這種散點透視法顯然受山水田園詩歌影響，近人皇甫修文在〈古代田園詩文的美學價值〉一文中舉許多詩中遠近空間的詩例證明山水畫中的散點透視「受中國山水詩文及意境構成的影響」，〔註72〕近代美學家也多認同這種說法。〔註73〕可見詩畫融通的另一基點在自然景物之空間營塑上。

　　宋元以來，詩人畫家心靈裡許多美感意識以及變化莫測的心畫、心聲，在詩畫融通之下顯然有其共同的意境風格及相通的表達技巧。我們檢視元詩，考察詩畫融通的基礎，特別能有此體會。綜合本節所述，我們可以得到以下的結果和推論：

1. 詩畫融通的基礎在人對自然的「見」與「感」，即人對自然之形與神的體會，加以作者的情志思想融和所成的「意」，分別表現在詩或畫上。而元詩如元畫，主要的走向是「寫意」的表現方式。

2. 由於詩畫融通的對象以自然為主，因此「山水」「花鳥」等自然景物成為詩畫中的大量題材，元畫多山水畫，花鳥寫志者也不少，元詩亦然，大量的山水詩、田園詩、詠自然景物如梅、蘭、竹、菊者亦多，這類詩我們通稱之為「自然詩」，因此我們可以說元代是自然詩的勃興時代。

〔註71〕見宗白華《美學散步》頁27，世華文化社版。
〔註72〕見《山水與美學》一書頁373。丹青圖書公司1987年版。
〔註73〕李漢偉〈論「詩中有畫，畫中有詩」之遠近因及三種義界〉一文特別提及自然詩「別有韻致的空間變化」對詩畫融通的影響，見臺南師院學報二十二期。宗白華〈《中國詩畫》中所表現的空間意識〉一文也有此說。

3. 由於《詩與畫》融合為一，題畫詩登入畫中堂奧，與畫合為一體，因此，元代也是題畫詩鼎盛時代。

4. 由於元代藝術尚「寫意」「寓興」，因此元代詩歌精神內涵也在追求興趣，崇尚意境上。

5. 詩畫技法相互融通的結果，元詩在技巧上也顯出重光影而略顏色及經營空間的寫景法、捨形似而求神似的境界表現法、重虛實相生情景交融的情志烘托法等特色。

第三節　元詩在詩畫融通上的表現

錢鍾書在〈中國詩與中國畫〉中開宗明義地論到：「一個藝術家總在某一種風氣之下創作，這個風氣影響到他材料地取捨，標準的高低，給予他以機會，而同時也限制了他的範圍」，〔註74〕由此可以看出，時代風氣對一時代創作的影響深鉅。元詩既處於詩畫合趨，融通發展的時代，其表現也必然顯出上節所述的幾項特點。特別是元代詩人兼畫家者眾，〔註75〕能詩能畫下，繪畫觀影響詩觀，在詩歌精神、詩歌技巧及詩歌題材上也必有某些風氣與傾向。以下我們將分二方面來看元詩中詩畫融通的影響與表現。

一、自然詩、題畫詩等題材增多

一般研究宋元文人畫者都認為元畫以水墨山水及花鳥竹石為題材，如元四大家之倪瓚、吳鎮、黃公望、王蒙，莫不以寫山水及花鳥為主，〔註76〕而上節的結論中，我們曾提到詩畫融通以自然為主，因

〔註74〕錢氏此文收於《文學研究叢編》第一輯，木鐸出版社 1981 年版，頁73。

〔註75〕據陳高華《元代畫家史料》，上海人民美術出版社 1980 年版，所統計整理出來的畫家凡四十九人，其中名列詩人之位者有高克恭、趙孟頫、朱德潤、柯九思等十六人，高克恭更以「詩書畫三絕」雅稱於世，元代文人這種詩畫雙藝的表現直接影響詩畫融通藝術。

〔註76〕據王伯敏主編之《中國美術史》第五卷「元代美術」的介紹，山水

此元代是自然詩的勃興時代，這點是可以肯定的。然而元代的自然詩之形成不必然與繪畫大關，在上編隱逸思想一節中，我們已述及元代自然詩與隱逸思想的關係。此處再述自然詩，刖專以詩畫融通的角度來看。

宗白華在《美學散步》中指出：「（藝術）是以宇宙人生的具體為對象，賞玩它的色相、秩序、節奏、和諧，借以窺見自我的最深心靈的反映。」〔註77〕這是詩畫藝術體現自然的方式，元詩在這方面確實能達到精緻的表現。錢鍾書《談藝錄》云：「元人之畫最重遺貌求神，以簡逸為主，元人之詩，卻多描頭畫角，惟細潤是歸，轉類畫中之工筆。」〔註78〕這個看法表面上看來似乎詩畫不相侔，其實正是詩畫在體現自然的相互浸泌其法的結果。即詩多細摩自然景物，以出形象，形成畫境；畫多淡寫景物，以出風神，傳達詩意，故而才有「遺貌求神」與「描頭畫角」的不同。詩無形，唯摹形以出其象，才能讓讀者如入其境如臨其景有眞意與感受；畫無聲，唯擬聲設意略形求神，才能讓觀者感發心靈同其意趣，而這一切都以自然景象為憑藉，因此元代自然詩的表現多在尙意境，重寫景上，這點我們容後再述。

元人摹寫自然的作品極多，幾乎佔元詩百分之八十以上。他們不論律絕，不拘古體樂府歌行，皆能生動描寫自然。形成精工俊逸

畫是元代繪畫的主要類別，書云：「在歷史上，元代山水畫的水墨表現，達到了較成熟的階段。」又云：「元代的山水畫家，文人占大多數。」山水畫的表現足以成家者，除了四大家外，尚有錢、高、朱、孫、王等，「各具一辦香」，都代表著當時畫苑尊重自然，抒寫胸中逸氣的藝術思潮。該書爲山東教育出版社 1988 年版。又如馬永康〈元代的中國文人畫〉一文，引載籍所錄元人畫蹟，也分作「山水類」及「竹一墨梅類」二類，主要的作家作品如「曹知白貞松白雪軒圖軸」、「黃公望溪山雨意圖卷」、「吳鎮清江春曉圖軸」、「倪瓚安處齋圖」、「王蒙青弁隱居圖」等等，見《中國書畫》十九期。其他研鈌元代文人畫及元四大家者，都不離山水畫及竹石花鳥畫，可見元畫的自然傾向，這點與詩歌走向自然也是一致性的發展。

〔註77〕宗白華《美學散步》，頁 59。
〔註78〕錢鍾書《新編談藝錄》，頁 95。

的佳構，讀元人詩如觀元人畫，這點是絕對可以肯定的。大抵歌行古體多摹大塊山水，律絕短章多寫自然小品，這與元人畫幅也極相類。〔註79〕元作家之中又以中晚期作家的自然詩較精潤，初期元好問、郝經、耶律楚材等，寫山水自然都粗豪中夾雜述志文字，景像面貌如何倒不甚要求，中晚期詩人兼畫家者眾，如高克恭、吳鎮、倪雲林、柯九思、顧瑛、杜本、王冕、楊維楨等，多能運筆如神，細緻精微地摹刻出自然的各種情貌，達到詩藝與畫藝的融通運用。譬如倪雲林《清閟閣全集》中詩凡八卷，卷卷皆摹刻自然之作，其中不論五七言律絕與歌行古體。不拘懷友、贈酬、閑居，多能傳達自然的風神、形象與趣味。而其專以摹寫自然之詩，特別能顯出詩畫融通的藝術。如〈蛛絲網落花〉詩云：

> 落花綴蛛網，蜀錦一規紅，既映綺疏外，復照碧池中。
> 含凄戀餘景，散魄曳微風。昔人問榮穢，詎識本俱空。

此詩體察自然入微，以纖小的蛛絲與落花為題，寫出紅映綺疏的一幅麗景，巧妙傳達出作者沈醉自然，忘榮穢之機的可喜可愛之趣。又如〈冬日窗上水影〉云：

> 日池浮湛瀲，霞竹上縈迴，敷腴三素雲，照耀青蓮臺，
> 高流輝自下，含游斂復開，尸坐以默觀，靜極自春回。

此詩借日池、霞牅之景寫遠近高低的空間變化及光影流動的感受，刻劃甾潤如景緻在前，親對一窗水影一般，好一幅賞心悅目的心靈圖畫。在倪瓚集這一類純寫自然以寄幽趣的詩極多，如〈啄木〉寫鳥、〈玉壺中插瑞香水仙梅花戲詠〉寫梅、〈詠蓮〉寫蓮華、〈詠鶴〉寫琅琅仙驥之鶴，他如〈聽雨〉〈火日〉〈積雨〉〈賦雪舟〉等等，圖寫自

〔註79〕元畫中有長幅手卷，類歌行古體之長篇體製，這方面的對應，近代藝術理論學者已注意到，如伍蠡甫〈中西繪畫美學的『畫中詩』理論〉一文即指出「手卷是我國特有的寓詩於畫的一種藝術體裁」，伍氏認為手卷是「排律」詩的繪畫體現，具較大的空間，能掌握大自然之疏、密、夷險、平淡、突兀等規律。此文收於林同華編《美學與藝術講演錄續編》，上海人民美術出版社 1989 年版。

然天候、景物、花鳥、竹石的文字不勝枚舉，其中不乏景緻精麗而情景交融的好詩，如〈春日客懷〉詩云：

　　　白鶴煙霧遠，滄洲雲海寬。麋蕪細雨涇，桃李春風寒。
　　　沈憂鬱不解，離緒沓無端。還憶郊園集，琴醞共清歡。

此詩起境寬遠，選景細緻，白鶴與滄洲，麋蕪與桃李，皆足以寄思憶往，烘托無限客懷，這是元人詩畫融通下的自然詩所特有的精緻形態，它不以情語顯，而以景語出，形象美感的體現比王維時期的自然詩更進一層。然而情志意格的表現倒不如唐人。

　　倪瓚是詩人兼畫家的代表，其實不只詩人畫家，元人的自然山水詩，亦多能體現詩畫融合的藝術，如虞集集中多模山範水之作，〈送人游廬山〉詩云：「紫雲冠嶺危石古，白鷗衝雨春波間。」（《道園遺稿》卷二）二語之中已能融塑遠近大小景物。許有壬集中多山林田野之作，〈圭塘草木八首〉是寫自然草木的佳構（《圭塘小稿》卷二）。歐陽玄的山水佳作如〈瀏江〉〈昌山〉，田園寫景如〈漫題四絕〉〈偶題〉等等，也以景語為勝。（《圭齋文集》卷二、三）元代中晚期詩人的自然詩作之質與量都有可觀。

　　元人的自然詩增多，與隱逸思想直接相關（見上編第三章），但與元人畫風尚自然山水也有極大關連，特別在詩人畫家的筆下，這類精麗如繪的自然詩景，正是詩畫融通影響的直接證明，這種詩畫融通下的自然詩，以景語為勝，寫景手法較前人更進一層地體現自然形象美，特別是對空間形象的描寫能力，已融入繪畫的種種技法，這點我們在下面將細論之。

　　王夫之《夕堂永日緒論‧內編》云：「詩文俱有主賓，無主之賓，謂之鳥合。」所謂「主」，即抒情主體；所謂「賓」，即對象。在元人的自然詩中是最能引起如此的主賓關係的省思。王夫之進一步指出自然詩中的賓主關係有「暗主賓中」、「賓中有主」、「主中賓」、「於賓見主」、「不分賓主」等種類。元代詩人最常顯現的是這種暗主賓中的手法，以圖畫似的景象來表達詩人心中的幽趣，這是中國自然

詩進一步發展的類行。近人蕭馳《中國詩歌美學》指出:「自然在詩中是作爲一種感情的語言而存在的,而中國古典詩的自然卻是貌其本榮,得其物理,即更接近自然的自然。」〔註80〕這點在元人的自然詩中確實能具體表現,元代摹寫自然之作,是由情景交融、主賓均合的狀態進一步走向「近自然的自然」,讓自然景物本身存在的理趣形象盡現。鄭因伯先生在〈題畫詩語畫題詩〉中,則將此類詩作稱爲「畫題詩」,並舉了范椁〈楓林雨止〉一詩來表示詩畫融通的地方。〔註81〕觀鄭師所舉范亨詩云:「籬角楓林露鵲巢,春深翠葉未全交;山家老屋渾相似,千里行人識把茅。」全詩也多出景語,以景物畫幅爲主,可見元人自然詩中之自然形象。簡而言之,元代是詩中月畫表現至極的時代。

題畫詩方面,元代題畫詩是詩畫眞正結合的開始,在上紹唐宋詠畫之作,下開明清畫題雙絕的表現上,元代題畫詩具有關鍵性的樞紐地位。元人的題畫詩不僅數量增多,在題寫內容、題畫手法及題畫的藝術上都有進一步的發展。據近人包根弟的統計,虞集《道園學古錄》中,詩共六百六十七首,其中題畫之作多達一百七十首,楊載《楊仲弘詩集》中,詩計三九七首,題畫即有六十四首,約佔六分之一,揭傒斯《揭文安公全集》中,詩共二九二首,題畫亦有七十六首,幾佔四分之一,〔註82〕由之可知題畫詩在元詩中所佔的數量之多。元代的題畫詩風靡一時,除了上列三家外,一般詩人集中也多題畫之作,特別是畫家詩人,如趙孟頫、黃公望、吳鎮、倪瓚、王惲、柯九思等人,集中都寫了相當多質與量兼得的題畫詩,元末的楊維楨、王冕等,亦有豐富的題畫作品,可惜因元詩不彰,尚無人整理,其數量又極多,筆者未暇統計,只能略一鱗半爪。

以題畫內容來說,或直寫畫中景物,或見畫而感慨議論,寄託述

〔註80〕蕭馳《中國詩歌美學》,頁 222,北京大學出版社 1986 年版。
〔註81〕見鄭因百〈題畫詩與畫題詩〉一文,《中外文學》八卷六期。
〔註82〕見包根弟《元詩研究》,頁 52,幼獅出版社 1978 年版。

志，或寫景寄人，人物雙寫，或議論繪畫技巧，出其藝術觀，或與畫無關，僅敘相贈之意等等，內容亦極多元。〔註83〕譬如趙孟頫〈題耕織圖廿四首奉懿旨撰〉之「耕正月」（《松雪齋文集》卷二）、錢選〈題浮玉山居圖〉（張景星《元詩別裁》卷一）、馬祖常〈題明皇端箭圖〉（《石田集》卷二）等爲直寫畫中景物者；吳師道〈赤壁圖〉（《吳正傳先生文集》卷七）、袁角〈西湖空濛圖〉（《清容居士集》卷十）、虞集〈春江捕魚圖〉（《道園學古錄》卷廿八）等爲見畫感慨，寄託述志者；趙孟頫〈題李仲賓野竹圖〉（《松雪齋文集》卷五）、袁角〈子昂逸馬圖〉（《清容居士集》卷十三）等，是寫景寫物兼寫人，人物雙寫者，其他如於題詩中議論繪畫技巧者，亦不勝枚舉。元人在整個題畫內容之多元上實有過於前人。〔註84〕

　　然而元代題畫詩並非以數量之多及內容多元取勝，真正使之在詩畫歷史上居樞紐地位者，應是其詩畫結合的意義；即繪畫史上，元代題畫詩正式進入畫幅，成爲圖畫結構之一；在詩歌史上，元代題畫詩開展題畫藝術的高度手法，使詩歌創作有更進一層的突破 —— 即詩畫融通之藝術理念的運用。這點才是元代題畫詩獨具地位的意義。元詩進入畫幅一角，我們已具論於前。而題畫藝術之表現則是本節進一步析論的重心。

　　詩畫融通的手法最直接關切的是形象之「真」，如陸時雍曾就杜甫的題畫之作〈書諷錄事宅觀曹將軍畫馬歌〉說：「詠畫者多詠真，

〔註83〕關於元代題畫詩只包根弟〈論元代題畫詩〉一文專文論述過，見《古典文學》第二輯，學生書局 1980 年版。而包氏此文未將內容分類，而是在其《元詩研究》第二章中將內容分爲八類。

〔註84〕關於題畫詩的整理，近人孔壽山《唐朝題畫詩注》一書，是斷代式的整理，四川美術出版社 1988 年版。李德壎《歷代題畫詩類編》是通史式的整理，山東教育出版社 1987 年版。從二書整理的狀態可知，唐代題畫詩的內容類型約爲評論繪畫與借畫寄托兩類，而李德壎撮選唐至近代二千四百餘首，涉及的內容類型也不出元人之右。明清兩代題畫內容能出元人之上者，大概只有「社會性」的類型，即借畫諷民間疾苦一類的作品，這是元代題畫詩所無。

詠眞易而詠畫難，畫中見眞，眞中見畫尤難，此詩亦可稱畫筆矣。」
（《杜詩評注》卷十）這裡的「眞」指眞實景物，畫能見「眞」，是極
高的表現，詩能詠眞特爲難能，這點元人題畫都已具備。但畫尙有「眞」
之外的精神意趣，故詠畫而能及於畫之眞與畫之趣爲最。因此陳僅《竹
林答問》云：「題畫詩起於老杜，人人皆讀之，故凡題畫山水，必說
到眞山水，此法稍知詩理者，皆能言之，然此中須有人在，否則雖水
有聲，山有色，其如盲聾何！」（註85）這裡說「有人在」，並非指圖
像式的人物，而是指山水之外的人的主觀意趣，可見也是主張主客兼
得的題畫手法。清梁九則認爲：「題畫詩當有議論，或有風趣乃佳」。
（《十二石山齋詩話》卷一）這又是捨形象問題重精神意趣的題畫手
法。

　　元人在題畫的表現上，從形象之「眞」到精神意趣，都有豐富的
成果。譬如領導元畫走向精潤及寫意，學古與革新兼得的趙孟頫，集
中題畫之作也存在這種形象之眞與精神意趣的不同表現。〈題秋山行
旅圖〉云：

　　老樹葉似雨，浮嵐翠欲流，西風驢背客，吟斷野橋秋。（《趙
　　孟頫集》卷五）

此詩雖寫到人，但人亦景之一，二十字中全寫旅途秋景，以老樹浮嵐、
西風野橋，烘托出一片蕭瑟之景，形象的描寫極眞，如實顯現圖畫內
容與原貌，這正是陸時雍所謂「詩之畫筆」。〈題李仲賓野竹圖〉云：

　　偃蹇高人意，蕭疏曠士風。無心上霄漢，混跡向蒿蓬。（《趙
　　孟頫集》卷五）

此詩本題「野竹」，但全詩未著一竹字，無圖畫形象之眞的描摹，卻
出以畫家偃蹇高意，蕭疏人格，完全是精神意趣的表達，這正是陳僅
所謂的「有人在」。

　　這種從形象到精神，從寫圖畫之眞到兼寫畫家人格或寄託己志，
議論感慨等等縱橫不拘的手法，在元代許多詩人或詩人兼畫家的題畫

─────────────

〔註85〕陳僅《竹林問答》收於《清詩話續編》，頁2245。

詩中俯拾可得。如吳師道〈赤壁圖〉云：

> 沈沙戟折怒濤秋，殘壘蒼蒼戰鬥休。風火千年消伯氣；江
> 山一幅挂清愁。丈夫不學曹孟德，生子當如孫仲謀，機會
> 難逢形勝在，狂歌弔古謾悠悠。

此詩並未在赤壁景物上著力，卻以論史爲主，感慨議論，氣韻淋漓，
充分顯出赤壁當年轟轟烈烈的歷史風火之氣象。又如袁角〈西湖空濛
圖〉云：

> 舊隱湖山筆底收，相從京邑意中遊。昏昏車馬飛花雨，寂
> 寂鐘魚落葉秋。千古登臨翻昨夢，百年歌舞漾清愁，何當
> 化鶴看滄海，不用呼猿吸澗流。

這首詩是形象與意趣兼寫，一方面寫出西湖圖畫之景，一方面感慨千
古登臨，恍如一夢，清愁由之而生。其他如虞集〈賦春江捕魚圖〉感
慨人世利害得失，鄭思肖〈題叢菊圖〉寫菊花堅貞節操，王惲〈題煙
江疊嶂圖〉抒民族血淚，王冕〈墨梅〉寫凜然志節，都是借題畫寄情
志的佳構。仇遠〈題石民瞻鶴溪圖〉、程鉅夫〈江天暮雪〉、吳全節〈題
黃子久天池石壁圖〉、吳鎮〈右丞輞川圖〉等等，則全寫圖畫景物，
其手法從一景一物的描摩敘寫，到簡筆寫出圖畫景物眞氣淋漓的感受
都有，譬如程鉅夫〈江天暮雪〉詩筆法最奇，詩云：

> 六月三山底，城中似甑中，客來開短軸，亂雪舞江風。

此詩以題寫原畫爲主，不及畫者也不抒題者精神，然全詩不在摩寫畫
景中著力，只以六月溽暑來反襯末句「亂雪舞江風」，一片嚴冬之感
在暑熱甑中的六月天中騰躍短軸而出，這種反襯手法把圖畫的生動逼
眞映顯無遺。

　　元人在題畫方面的表現是備受稱譽的。明顧起綸《國雅品》云：

> 王參軍元章，才贍思新，善繪梅竹，得意處輒題，往往奇
> 拔。

顧起綸此論專對王冕而言，王冕是元末詩人畫家，他題畫的梅花詩一
卷表現高節志行，被視爲不可多得的佳句。他的詩中充滿豪邁孤傲的
心情，這也是顧氏所謂「奇拔」處。

清翁方綱則特別讚賞柯九思的題畫詩，《石洲詩話》云：

> 柯敬仲幹馬圖一首，寫肥入妙，較東坡更深進一層，故非
> 工畫者，不能得意至此也。〔註86〕

柯九思詩畫題三絕，詩集今台灣不傳，《元詩選》輯其《丹丘生稿》除宮詞外，多題畫之作，作品清麗俊拔，也極可觀。

此外，明胡應麟《詩藪》云：

> 元題畫五言小詩，虞伯生〈柯氏山水圖〉、揭曼碩〈瀟湘八
> 景圖〉、丁鶴年〈長江萬里圖〉等篇，皆頗天趣。

清翁方綱《石洲詩話》亦云：

> 元人自柯敬仲、王元章、倪元鎮、黃子久、吳仲珪，每用
> 小詩，自題其畫，極多佳製。此外，諸家題畫絕句之佳者，
> 指不勝屈。蓋元人題畫長篇雖多，未免限於李長吉之詞句，
> 罕能變轉；而絕句境地差小，則清思妙語，層見疊出，易
> 於發露本領。如就元人題畫小詩選其尤者，彙鈔一編以繼
> 唐人之後，發揭風人六義之旨，庶有冀乎！

清喬億《劍谿說詩》卷上云：

> 題畫詩，三唐間見，入宋寖多，要惟老杜橫絕古今，蘇文
> 忠次之，黃文節又次之。金源則元裕之一人，可下視南渡
> 諸公。至有元作者尤眾，而虞邵菴、吳淵穎，又一時兩大
> 也。〔註87〕

從這些評論可知元代題畫詩之盛，作者之眾，及藝術成就之高，特別是胡應麟所云的「五言小詩」，翁方綱所謂「絕句境地」「題畫小詩」，是後人讚賞不已的藝術精品。元人儘管題畫之作不拘長篇短章，但絕句的表現最為突出，使題畫藝術能縱橫古今，展開新境。

二、尚意境、重寫景的詩風走向

由上節「詩畫融通的基礎」可知，元代《詩與畫》融通的共同理念在尚寫意寓興的要求，而技法上，詩歌明顯有重光影、調空間和情

〔註86〕見《百種詩話類編》，頁69。
〔註87〕見《百種詩話類編》，頁600。

景交融等摹景法，因此本節綜合以尚意境、重寫景來看元詩在這方面的表現。

意境是詩畫共通的本質。王國維《人間詞話》云：「詞以境界爲上」繼云：「有造境，有寫境，此理想與寫實二派所由分。然而二者頗難分別。因大詩人所造之境，必合乎自然，所寫之境，亦比鄰於理想之故也。」〔註88〕王國維的境界說對意境的詮解一直是詩家樂道的美學標準，這段話顯出「造境」、「寫境」之間必以合於「自然」爲上乘，而且以臻於詩人心中的理想爲貴，這就是詩畫能融攝圖象與意象的地方。故而明董其昌亦云：「詩以山川爲境，山川亦以詩爲境。」〔註89〕石濤也說：「山川使予代山川而言也，山川與予神遇而跡化也。」簡而言之，即瑞士思想家愛米爾（Amiol）所謂：「一片自然風景是一個心靈的境界。」〔註90〕而詩人與畫家所要完成的高標即此心靈的境界。這點在宋元以後的文人畫及元代自然詩、題畫詩中有極致的實踐。

文人畫的寫意作風，一則以花鳥竹石完成情志寄託，一則以山水畫完成淡遠天趣。二者同樣是畫家心靈意境的投射。張戀鎔《書畫與文人風尙》云：「中國文人繪畫內容以自然景觀（山水、花鳥）爲主，猶如詩文也以山水詩、遊記散文爲上乘，它是古代文人舒閑適意的生活情趣和人生哲學在藝術上的反映。……是文人較高的審美觀念、內向的心理狀態的複雜體現。」〔註91〕這段話可知詩畫的共同的意境憑借自然題材而表現，畫之山水花鳥，詩之自然田園是文人審美觀及心理狀態的投射。元代繪畫以花鳥來說，吳鎮之梅、李衎之竹、曹知白之松、王冕之墨梅都是體現文人情志的寫意作風。以山水說，四大家的水墨山水是文人主觀心緒的極致表現，這正是畫中意之所在。這

〔註88〕以上所引分見《元詩紀事》卷廿六丁鶴年〈長江萬里圖〉詩後。《清詩話續編》，頁 1361、1103。
〔註89〕見王國維《人間詞話》第一、二、五、六則。
〔註90〕董其昌《畫禪室隨筆》卷三〈評詩〉。
〔註91〕石濤及愛米爾語轉引自宗白華《美學散步》〈中國藝術意境之誕生〉一文。

種畫中意境到了元代走向「清空」、「淡遠」的極致，這是許多研究文人畫的學者特別推崇元代繪畫的緣故。馬永康〈元代的中國文人畫〉云：「趙孟頫的繪畫，除了在畫圖中寄其舊王孫對故國之思外，他在藝術上所要追求而表現的是一個『清』的世界，此『清』的世界是由他的心靈上對自然的歸依，對隱逸生活的懷念所引發出來的」〔註92〕趙孟頫兼工院體畫與文人畫，尚不足為文人畫的代表，若倪瓚、黃公望、吳鎮、王蒙等人，則完全以「空寂」為主調，強調「靜」與「空」的境界，〔註93〕是陳衡恪所謂「個性優美，感想高尚」、「淡遠幽微」的作品，〔註94〕是文人畫作注性靈的唯美典型。而這個典型也為詩作提供典範，成為元代詩畫共同的意境。

　　總而言之，元代的詩畫尚意境，而這個意境的極致以「清空」為典型，《東莊論畫》云：「清空二字，畫家三昧盡矣。」〔註95〕此「清空」即前述之「空寂」，也是宗白華所謂的「荒寒」、「灑落」的畫境。〔註96〕詩的高妙亦有清空之說。明胡應麟《詩藪》云：「詩最可貴者清，然有格清，有調清，有思清，有才清。」〔註97〕這種詩貴清空之論其實也是自唐代皎然、司空圖、宋嚴羽一脈而來的意境主張。可見元代詩畫的共同理想，正是《中國藝術精神》高度的體現。而在達成此意境之前，主體精神必須通過「追求興趣」、「注重人品」、「游心自

〔註92〕張懋鎔《書畫與文人風尚》頁89，文津1989年版。

〔註93〕見《中國書畫》十九期。

〔註94〕見高木森〈士人畫的分期與文人畫的發展〉一文提出的「空寂」之說，載於《故宮文物》四卷二期。

〔註95〕陳衡恪〈文人畫之價值〉一文指出：「山憔工又其個性優美，感想高尚者也。其平日之所修養品格，迴出於庸眾之上，故其於藝術也，所發表抒寫者，自能引人入勝，悠然起滄遠幽微之思。」

〔註96〕清王昱《東莊論畫》，見《畫論叢刊》頁258。

〔註97〕宗白華〈論中西畫法之淵源與基礎〉一文指出：「中畫的境界似乎主觀而實為一片客觀的全整宇宙，同中國哲學及其它精神方面一樣。『荒寒』、『灑落』是心襟超脫的中國畫家所認為最高的畫境（元代大畫家多為山林隱逸，畫境最富於荒寒之趣）。」見《美學散步》頁138。

然」、「暢神達意」等種種藝術創造過程。〔註98〕

　　有了這種心領神會，融主觀入客觀的過程，詩畫之中便能顯出文人的主體意境來。惲南田曾論元人這方面的畫境云：「元人幽秀之筆如燕舞飛花，揣摹不得，如美人橫波微盼，光彩四射，觀者神驚意喪，不知其何以然也。元人幽庭秀水自在化工之外一種清氣，唯其品若天際冥鴻，故出筆便如哀絃急管，聲緒并集，非大地歡樂場中可得而適意者也。」〔註99〕這個說法顯出元人繪畫藝術造藝之高，能以幽淡之境出宇宙豪情。元詩在尚意境的表現亦然，元代詩人多隱逸，人品高潔，崇尚幽趣，詩中往往在摹寫自然中營塑意境，而顯出天趣的追求與清空的詩境。例如柯九思詩畫題三絕，其詩作便時露清氣，特別是題畫詩，完全是工畫者的清空之境：

　　　　江清地僻野人家，門外橋通石徑斜。
　　　　不信東華塵十丈，萬山晴雪看梨花。(〈題李遵道畫扇〉)
　　　　帝鄉春日曾舒卷，溪館秋風每見之。
　　　　處處雲生山似畫，年年老去鬢如絲。(〈題米元暉山水〉)
　　　　疏竹搖秋雨，蒼松凝晚煙。王孫歸未得，誰復效春妍。(〈題邊武畫蒼松圖〉)
　　　　古木寒林欲斷魂，家山落日近黃昏。
　　　　相從便問桃源路，絕頂人行何處村。(〈題姚婁東所藏平臺寒林圖〉)

這些作品不僅是入畫的絕佳景致，同時也是詩人疏朗清華的人格，出塵絕倫的幽思，所融化而成的幽淡境界。翁方剛《石洲詩話》云：『柯敬仲詩本不深，而綿邈處，時有醞釀，殆從畫家清靜託來，非可以書生章句求也。』〔註100〕這句話一則點出柯九思詩作的境界，一則顯出元詩在詩畫融通之後的可貴之處。其實不只詩人畫家，即以不擅畫的詩人來說，作品也多具清境。例如柳貫未以畫聞，其《待制集》中

〔註98〕見胡應麟《詩藪》外編卷一、卷四。
〔註99〕蔣孔陽〈中國藝術與中國古代美學思想〉一文歸納文人水墨山水畫的美學思想具這些特點。淡江大學《文學與美學》第二集，頁150。
〔註100〕惲南田《南田畫跋》，見《畫論叢刊》頁175。

的自然之作卻仍具清雅之境，〈水際見早梅題爲漫興六首〉之五云：

> 如此荒寒野水濱，疏花冷蕊看橫陳，歌翻玉樹多嫌俗，夢
> 喚梨雲卻欠眞。半點不煩春刻畫，一分猶藉雪精神，蠟圍
> 新萼雖同出，未免韓公議小醇。（《待制集》卷五）

柳貫的自然詩並不在景物上著力，而是寫景敘情交雜，然而荒寒野
境，疏冷梅花，出塵的精神也展露無遺。柳貫受元代詩畫融通風潮的
影響是明顯可見的，他的詩集中常常提到心中的「滄洲趣」，如「胸
中是物有元氣，世上何所無滄洲」（〈松雪老人臨王晉卿煙江疊嶂圖
歌〉）、「延春閣下墨淋漓，餘情亦及滄洲去」（〈商學士畫雲壑招提
歌〉）、「出門歌小海，見客思滄洲」（〈初夏齋中雜題〉）等等，這些都
是詩畫的藝術論，也是詩人的情志思想，更是元代詩畫藝術境界的方
向，柳貫的作品雖未能完全實踐以山水入胸臆，容胸臆入山水的境
界，但他的「滄洲趣」，正是詩畫融通的上乘理想。

　　然而在達成以滄洲入胸懷這種「有我」之後的「無我」境界的理
想要求下，畫可以退去顏色，淡化形象，而出此境界，詩卻必須在語
言媒介上細寫光影、摹刻形象、經營空間，才能完成此境，因此元詩
在尙意境之餘，便展現重寫景旳詩風走向。

　　中國的詩歌本來就講究情景交融的手法，比興之作就是寓情於
景，借物詠情的方式，〔註101〕從鍾嶸《詩品》、劉勰《文心雕龍》以
至於明清詩家，多出此論，如王船山「情景相生」「妙合無限」的說
法，〔註102〕黃宗羲「詩人萃天地之清氣，以月露風雲花鳥爲其性情，
其景與意不可分也」〔註103〕之語都是對情景關係的思索。文人畫是
對詩人情志的體現，而元詩在詩畫融通下，則是對詩境的體現，因此
情景交融之外，對摹景的功夫便更爲講究，元詩既側重摹景如繪，則

〔註101〕情景交融說詳見蔡英俊《比興物色與情景交融》，大安出版社 1986
　　　　年版。
〔註102〕參考李正治〈王船山詩觀略探〉一文，收於《中國詩的追尋》頁31，
　　　　業強出版社 1990 年二版。
〔註103〕黃宗羲《南雷文案》卷一〈景州詩集序〉。

文人畫技中對景物空間的融塑，對光景幽明的安排，對主體人物的淡化，也就大量地運用進詩歌中，詩中在勾勒實境中夾帶具存其中的意境，而又能往往渾成一「景」。〔註104〕錢鍾書在〈中國詩與中國畫〉一文中有幾段話，很能傳達詩歌體現這種詩畫融通的表現，他說：

> 中國傳統裡最標準的詩，跟中國傳統裡最代表的畫，雖然
> 所用工具材料大不同相，而在作風意境上有類似通連之處。

又說：

> 斯屈萊芠（Lytton Strachey）稱歎中國舊詩的飄渺
> （Intangible），輕淡（Light），富於含蓄（Suggestive）。……
> 麥加賽（Demond Mac Carthy）也稱讚中國詩高簡淡遠，差
> 不多能實現魏爾蘭論詩的理想。這兩位敏銳的批評家的暗
> 合已經夠有趣了，更妙的是魏爾蘭《回首集》裡有名的〈論
> 詩篇〉也借畫喻詩，說他理想的詩歌是一種灰暗的歌曲，
> 不著顏色，只分深淺，這真是南宗話的水墨作風了。〔註105〕

錢鍾書不愧是敏銳的批評家，這兩段話傳達中國詩歌體現繪畫技巧，退去色彩，出以意境的表現，和前舉《談藝錄》說元詩「描頭畫腳」一語相對照下，我們可以了解元詩在詩畫融通上的已締佳績，而形成特有之風格。以下我們選幾首元詩來看元人這種摹景以出意境的表現。

　　倪瓚的詩是元人詩集能詩畫融通藝術者，他不僅題畫詩多，山水寫景亦幽麗有境，如〈雪泉為王光大賦〉詩云：

> 高齋面絕壁，林密境難尋。風落松上雪，零亂幽澗陰。
> 皓潔映鶴氅，清圓和瑤琴。閑詠以自樂，聊用忘華簪。

此詩是典型的繪畫詩，隱去主體，出以客體，客觀的景物有高齋、密林、絕壁、松雪、幽澗等等，錯落有緻的空間與澗底的陰影正是光影與空間的摹景法，全詩塗敷出一幅廣闊的自然境界，而身在其中的人物一塵不染，幽淡如仙的趣味也隱隱浮現，這和元人畫中不著人物，

〔註104〕借陳香〈試論《詩與畫》〉一文之語，見《笠》七九期、八一期。
〔註105〕此文收入《文學研究叢編》第二輯，木鐸1981年版。

或逸筆寫人，使人融合於自然而不居主體的表現一致。而此詩中寫景文字多於寫情文字，也完全是一種尚寫意重寫景的作風。

　　柯九思的詩也極具摹景手法之美，如〈題安僧帥遠景亭〉詩云：

> 東河亭子憑高爽，俯瞰平原繞茂林。滄海月生朱栱濕，泰
> 山雲起繡簾陰。夢回春渚鐘聲小，目倦晴空雁影沈。誰似
> 詩書老元帥，清時於此寫丹心。(《元詩選》三輯《丹丘生稿》)

此詩因實景而未能完全退去顏色，但詩中「朱栱濕」、「繡簾陰」的月影雲光，及茂林、高亭、春渚、晴空的景緻變化，都是成功的摹景法，此時的元帥不具神威，丹心也顯不出意義，反而是清景幽興傳達無遺。

　　不只詩人兼畫家者能出以詩畫融合的藝術表現，許多元代詩人的作品中自然詩及題畫詩都能表現出這種風格來。如吳師道〈溪上〉云：

> 柳花漠漠杏花乾，一寸青蒲刺碧蓮。
> 春色滿溪人不到，野鳧背上曉雛眠。

這首詩中亦無人跡，機趣天成，一片清麗如繪之景歷歷在目。這是元人慣有的寫景法，想用詩砍的語言摹寫畫幅般的清境。這是元詩和前代寫景文字略有不同的地方。

又如虞集〈題南野亭〉云：

> 門外煙塵接帝扃，坐中春色自幽亭。雲橫北極之天近，日
> 轉東華覺地靈。前澗魚遊留客釣，上林鶯囀把杯聽，莫嗟
> 葦曲花無賴，留擅終南雨後青。(《道園學古錄》)

此詩和吳師道前作的摹景方式略有不同，前詩是靜態的景物，出以清新幽麗的清境，後詩是動態的景物，出以高遠寬闊的清境，然而善用景物融塑，注重空間次第等手法，同為元詩共有的特徵。而元人寡用情語，多出景語的共同表現，也足顯出詩以含蓄為貴的餘韻，這和畫中的空白哲學相類。〔註106〕莊子說：「言無言，終身言，未嘗言。」孔子說：「天何言哉！四時行焉，百物生焉，天何焉哉！」也許元詩

〔註106〕關於這點，我們在上節「詩畫融通的基礎」中已論，元畫方面，唯
　　　　倪瓚的「空白哲學」為近人所論及，見高木森〈倪瓚的空白哲學〉
　　　　一文，故宮文物月刊六卷十期。

尚意境重寫景而出以清空的手法，正足以達成這種無言之美吧！

　　一般詩畫融通論者多主張詩畫共同的基點在自然〔註107〕自然之田園、山水確能存在一般詩畫共通的創作愛力，〔註108〕詩家中主張性靈、神韻者亦多強調自然，如袁宏道云：「夫趣得之自然者深，得之學問者淺。」(《袁中郎全集》卷三〈敘陳正甫會心集〉)葉燮認爲：「畫中有詩有畫則顯」(《已畦文集》卷八〈赤霞樓詩集序〉)這都是詩畫融通的體會，元詩承歷代自然詩而來，在宋元詩畫合趣之下而顯出空靈的高情妙趣，較諸唐人自然討作，更顯豁地傳達出藝術特質來。

　　總而言之，詩畫結合是爲了使作品更能充分表達畫家之意，故在畫上題詩，形成相映生輝之筆，在北宋時，蘇軾、米芾等已開此風，但元人推行最廣、最切，濡染久之，詩畫融合的影響也提升了詩歌藝術，使詩歌之自然詩、題畫詩更臻成熟，自然詩開出寫意摹景的詩風，題畫詩完成「眞」、「描」、「借」、「論」等手法，〔註109〕這是元詩在詩畫融通下，更進一層的藝術表現，也是中國傳統詩歌走向繪畫藝術理念的空間形態之後，所完成的藝術成就。簡而言之，詩畫融通使繪畫更具「言志」功能，(這點不在我們立論範疇內)，也使詩歌走向繪畫的藝術特色，而這種特色在元代自然詩與題畫詩中具體呈現。

〔註107〕徐復觀〈中國畫與詩的融合〉一文指出詩畫融合的根據在自然。見《民主評論》十六卷三期。

〔註108〕見蔣彝《中國詩畫》的共同創作愛力，《幼獅月刊》四一卷五期。

〔註109〕這四點是孔壽山在《唐朝題畫詩注》中所作的歸納。見該書頁26。四川美術出版社1988年版。

結　論

　　藝術是社會意識的一種形式,是人類精神文化之組成,而詩歌是
中國藝術極具文化與社會面貌的體裁,《荀子·樂論》說:「亂世之徵,
其服組,其容婦,其俗淫,其志利,其行雜,其聲樂險,其文章匿而
彩。」中國幾個亂世,也是文學藝術多元表現的時代。元朝處中原文
化受非漢族統治的時代,不僅政治體制巨變,社會結構,經濟民生,
以至於文人思想,文化型態,都起了大幅的改變。元代文士仕宦者少,
逸在市井者多;文人存文保種的考慮強過夷夏之防的大節;加上民族
融合的爭端,宋金元三朝易代的干戈,元末四夷及飢民的暴亂等等,
激盪出元詩豐厚而多樣的內涵,這些特色,本文統稱之爲社會性。而
就詩歌藝術的演進,文藝思潮的起伏變化來看,元詩在唐詩創體,宋
詩新變之後,對詩體形貌有重新省思後的走向,加以異族詩人的融
入,新曲新聲的影響,及詩畫藝術的高度結合之下,元詩遂形成傾向
唐詩情韻,近於詞風及出以詩畫融通的表現,這些特點本文統稱之爲
藝術性。以下是綜合元詩之社會性與藝術性所得的結論。

　　1. 元代由於歷史朝代的變更,儒臣與蒙古皇室、色目權臣間政
治理念之異趨,及政治上庇護僧道、冗吏繁稅、儒者仕進困難等種種
社會因素,形成大量的諷時紀事詩。這些作品,由於量多與表達手法
多元,不僅繼承中國詩歌「史官文化」的特質,也使唐杜甫以來的「詩

史」精神進一步得到擴充與發揮。內容上，它在紀存時事，憂虞時代之外，更完備地達成以詩證史、以《詩論》史、以詩補史的力能。手法上，元好問、郝經、酒賢、薩都剌等人之直賦時事，李俊民、劉因、王冕等人之比興諷喻，文天祥之集杜句附以序文的組合方式，都使中國詩歌在抒情與敘述的兩難中得到很好的融合，這是元詩在詩史精神上所完成的極高成就，因而，元代也成了中國詩歌歷史上社會寫實的高潮時期。

2. 元亡金滅宋，國力西及歐亞，東到高麗，民族上形成蒙古、色目、漢人、南人等四民制；政治上異族入主，蒙古、色目爲統治階層，這些現象造成漢人南人道統文化的危機意識及亡國滅種的民族意識，因而形成元代大量的遺民志節詩。然而這些遺民志節之作，不僅是歌哭山林、諷詠亡國之哀及忠臣之志而已，而是在追悼故國，寄吟孤憤之外，更進一步表達夷夏之防及存文保種的憂虞，這是中華文化在融合異族的矛盾與衝突中所泛顯而出的開闊內涵與勃勃生機，特別是存文保種的問題，是元代儒士深思「道之尊」與「道之行」之後，萃集心力的重心，這是元代遺民志節中極爲特殊的情態，與歷代遺民單純歌詠銅駝荊棘之哀，孤臣孽子之恨的情況有所不同。因此，元代遺民不單是政治遺民，也是文化遺民，是政統與道統思辨下的志士，他們對儒家民族氣節的內涵有更深廣的詮釋。

3. 元人由於廢科舉及政治體制的變革，造成士人皆隱的狀態，儒士成了民戶之一，終身以教授爲業，不事干祿，形同隱士。除了少部份受到徵辟，或以吏進仕外，多數元代文人全爲廣義的隱士，因而形成元代大量的山林文學。這些山林文學的隱逸思想，有儒家志士之隱，有道家全生之隱，有佛家及道教靈修之隱。因此造成元代自然田園詩中，人與自然之間的不同定位。元好問、劉因、方回等人是把自然視爲客體存在的世界，自然界的山川景物是他們心中情志的投影，是主體情志歌哭的對象。張養浩、黃庚、方夔等人，則把山川作爲排憂遣悶的棲止之所。而宋無、陳樵、方瀾、倪瓚等人，及佛道方外文

士，則較能游心自灰，偶有杳合自然，不涉人跡的境界。整體而言，元代的隱逸思想的主體是儒家獨善其身的避世表現，雖然詠陶和陶之作極多，但能達到陶淵明「縱浪大化中，不喜亦不懼」的心靈境界者，畢境少之又少。

4. 元代由於幅員廣大，邊境擴及塞外，民族眾多，雜胡漢爲一，因此在詩歌中也泛顯出極多民族融合的痕跡。一方面，因位西域詩人的融入，爲元詩展開清新綺麗的風格；一方面，因爲華人涉跡塞北西陲，習染蒙古色目文化，形成元詩中的異域色彩，這些描寫胡俗，涉跡異域的作品，不僅增加詩歌內容的新材料，也形成元代新邊塞詩的類型，這是元代特殊背景下所新開拓的詩歌內涵。

5. 元代特殊的政治社會結構，不僅形成元人隱逸思想的勃興，也促進元代文士在集團結社上的進一步發展。元代的詩社規模，有組織、有章程、有義試、有榜次、有賞金、有社稿，是民間詩作的成熟形態。在中國詩歌史上，不僅是宋代詩派及行會風氣的進一步承繼，也是開啓明清詩社的先河。在詩作形態上，更完成了競詩以切磋詩文，聯吟以砥礪志節的文學社會性功能。這是中國詩歌轉向民間化，極具關鍵性的時代。

6. 詩以言志爲本質，言志的內涵包括「感情情緒」與「思想意緒」。元詩在言志傳統的承繼下，展開宇宙人生，入世與出世的全幅內涵，這點元詩並無迥異前代的地方。然而，元詩中仕與隱、入世與出世、現實與遠離現實、歷史與當下等二元對立的情志意涵，使詩歌增添不少藝術趣味。其中元人整體的世界觀以山林爲主，更爲元詩增益不少清麗之思與放逸之志所形成美感，這是元詩具藝術價值的根本處。

7. 詩體至唐，五七律及古律都有完備的體格，宋人變以理趣，與唐體之情韻分殊，元人的基本詩觀以宗唐爲主，因此詩歌風貌亦近唐詩之情韻。其具忠愛精神者，如元好問、傅與礪、丁鶴年等人，詩風多近杜甫；其緣情綺靡，擅奇詩麗辭者，如謝翱、楊維楨、貫雲石、張光弼、薩都刺等人，有極多近中晚唐長吉、飛卿、義山之風。其他

如元代宮體詩、自然詩中的麗詞佳句，深情遠韻，都是返歸唐詩正典，具豐腴情韻的表現，與宋人之枯淡理趣不同。

8. 元代的詩學主張有明顯的復古思潮，對漢魏古體及唐代律絕尤爲推崇。因此，元詩中有不少倆法古人、追和古人及模擬古人的作品，如詩騷體裁的模擬、漢魏古詩的模擬，及唐代詩體的模擬等，都可以在元人詩題及作品中找出明顯的痕跡，這是元人努力學習詩體正典下所遺留的結果。然而，元人能於步驟前人中，出以時代憂思之內涵及文藝思潮涵濡後的清麗風貌，這是元詩能免於優孟衣冠之處。但是，元人此風對明代詩壇一片模擬風潮不無先導作用。

9. 在明清詩家眼中，宋詩拙，元詩巧，離唐詩正典仍遠，主要因爲元詩多晚唐餘風，辭彩藻麗，內容淺俗，氣格纖柔，類詞化風格，這是元詩在唐宋之餘所形成的風貌。換言之，唐詩創體，宋詩變之以文，元詩變之以詞，這是元詩在詩歌歷史上的流變狀態。

10. 元詩最具藝術性的特點，在於詩畫融通上旳表現，這是元人處文人畫極盛階段所形成的詩歌藝術風貌，也是元詩足以傲視詩史的地方。其具體表現，在題畫詩與自然詩的題材增多，形成二人詩作中主要的大類；於藝術手法上，則使詩歌走向尚寫意，重摹景的繪畫特色，是「詩中有畫」的具體表現，也是中國詩歌在比興物色與情景交融上的進一步成就。

以上幾點，是本文綜合元詩社會性與藝術性研究之後的心得。整體而言，元詩的存在具有復古與開新的意義，對唐詩正典的承繼、對言志傳統的承繼、對前代詩體風格的承繼等等，是元詩具有復古意義的地方；於詩畫融通的實踐、於模景寫意的表現、於結社聯吟的風氣等等，是元詩具有開新意義的地方。清顧嗣之《元詩選》凡例云：「（元）百餘年間，名人志士，項背相望，才思所積，發爲詞華，蔚然自成一代文章之體，上接唐宋之淵源，而後啓有明之文物。此元詩之選，不可緩也。」顧氏此言，爲元詩這種承先啓後的地位下了最好的注腳，本文諸論，不過是顧氏此言之宏肆而已。

附　錄

附錄一　元詩之分期及其重要詩家與風格一覽表

分期	帝　號	年號	西　　元	重　要　作　家	主要詩風
先元時期	太祖 太宗 乃馬眞后 定宗 海迷失后 憲宗 世祖	 中統 至元	一二〇七～一二二七 一二二八～一二四一 一二四二～一二四五 一二四六～一二四八 一二四九～一二五〇 一二五一～一二五九 一二六〇～一二六三 一二六四～一二七六	元好問、李俊民、楊奐《耶律楚材》、王磐、劉祁、徐世隆、許衡、郝經、耶律鑄、劉秉中、姚樞、段克己、陳賡、楊果、房皋、杜瑛、王義山	自然豪健，多雄奇之氣，偶有閑婉沖澹，如劉因之作，亦有雄贍富麗如郝經、耶律楚材之作。
元代初期	世祖 成宗	至元 元眞 大德	一二七七～一二九四 一二九五～一二九六 一二九七～一三〇七	王惲、方回、陳孚、吳澄、胡長孺、戴表元、仇遠、白挺、劉因、程鉅夫、趙孟頫、馮子振、鄧文原、宋無、袁易、袁桷、劉詵、貢奎、李思衍、牟巘、方夔、張養浩、尹廷高、蒲道源、熊鉌、陳深、安熙、陳櫟、胡炳文、姚燧、張弘範、曹伯啓、何中、仇遠、高克恭。	如趙孟頫等南宋入元文士多體裁端雅，音節和平。

元代中期	武宗	至大	一三〇八～一三一一	許謙、柳貫、楊載、潘音、范梈、虞集、歐陽玄、揭傒斯、元明善、黃溍、陳樵、貫雲石、馬祖常、吳師道、宋本、傅若金、吳全節、杜本、王士熙、薩都剌、陳旅、汪澤民、吳鎮、許有壬。	宗唐而趨於雅麗，揭傒斯、薩都剌等人啓清儷派詩風。
	仁宗	皇慶	一三一二～一三一三		
		延祐	一三一四～一三二〇		
	英宗	至治	一三二一～一三二三		
	泰定帝	泰定	一三二四～一三二七		
	文宗	至順	一三三〇～一三三二		
元代末期	順帝	至統	一三三三～一三三四	王冕、張翥、陳旅、宋褧、張昱、柯九思、鄭元祐、楊維楨、吳萊、李孝光、郯韶、顧瑛、迺賢、張憲、丁鶴年、戴良、王逢、郭翼、倪瓚、吳鎮、黃公望、王蒙、張雨、貢師泰、葉顒、錢惟善、朱德潤、謝應芳、周琦、鄭玉、汪克寬、舒頔、陳基、余闕、陳高、郭鈺、王翰。	楊維楨一門多奇艷詭譎，縱橫排奡；顧瑛、倪瓚等雅澹溫婉，丁鶴年、戴良等則磊落慷慨。
		至元	一三三五～一三四〇		
		至正	一三四一～一三六七		

附錄二　元代詩人生卒年表簡編

姓　名	字　號	籍　貫	歲數	生　年				卒　年			
				帝　王	年號	次	西曆	帝　王	年號	次	西曆
邱處機	通密自號長春子	棲霞	80	金熙宗	皇統	8	1148	元太祖	太祖	22	1127
李俊民	用章號鶴鳴	晉城	85	金世宗	大定	16	1176	元世祖	中統	元	1260
楊　奐	煥然號紫陽	乾州奉天	70	宋孝宗	淳熙	13	1186	元憲宗		5	1255
元好問	裕之號遺山	秀容	68	金章宗	明昌	元	1190	元憲宗		7	1257
耶律楚材	晉卿號湛然居士	燕京	55	金章宗	明昌	元	1190	馬乃眞		3	1244
陳　賡	子風號默軒	臨晉	85	金章宗	明昌	元	1190	元世祖	至元	11	1274
段克己	復之號遯菴	河東	59	金章宗	明昌	7	1196	元憲宗		4	1254
楊　果	正卿號西庵	蒲陰	75	宋寧宗	慶元	3	1197	元世祖	至元	8	1271
房　皞	希白號白雲子	臨汾		金章宗	明昌	10	1199				
王　磐	文炳號鹿庵	廣平永年	92	宋寧宗	嘉泰	2	1202	元世祖	至元	30	1293
劉　祁	京叔號神川遯士	渾源	48	金章宗	太和	3	1203	宋理宗	淳祐	10	1250
姚　樞	公茂號敬齋	柳城	78	金章宗	太和	3	1203	元世祖	至元	17	1280
杜　瑛	文玉	信安	70	宋寧宗	嘉泰	4	1204	元世祖	至元	10	1273
許　衡	仲平號魯齋	懷州河內	73	宋寧宗	嘉定	2	1209	元世祖	至元	18	1281

姓　名	字　　號	籍　貫	歲數	生　　　年				卒　　　年			
				帝　王	年號	次	西曆	帝　王	年號	次	西曆
王義山	元高號稼村	豐城	74	宋寧宗	嘉定	7	1214	元世祖	至元	24	1287
劉秉忠	仲晦號藏春散人	邢台	59	金宣宗	貞祐	4	1216	元世祖	至元	11	1274
郝經	伯常	澤州陵川	53	元太祖	太祖	18	1223	前幼帝	至元	12	1275
王磐	仲謀號秋間	衞州汲縣	78	元太祖	太祖	26	1227	元成宗	大德	8	1304
方回	萬里號虛谷	歙縣	81	宋理宗	寶慶	3	1227	元成宗	大德	11	1307
牟巘	獻之	吳興	85	宋理宗	寶慶	3	1227	元武宗	至大	4	1311
陳思濟	濟民號秋岡	柘城	70	元太宗		4	1232	元成宗	大德	5	1301
劉辰翁	會孟號須溪	廬陵	66	宋理宗	紹定	5	1232	元成宗	大德	元	1297
張弘範	仲疇	易州定興	43	宋理宗	嘉熙	2	1238	元世祖	至元	17	1280
姚燧	端甫號牧庵	柳城	76	宋理宗	嘉熙	2	1238	元仁宗	皇慶	2	1313
趙文	儀可號青山	廬陵	77	宋理宗	嘉熙	3	1239	元仁宗	延祐	2	1315
劉壎	起潛號水雲村	南豐	80	宋理宗	嘉熙	4	1240	元仁宗	延祐	6	1319
張伯淳	師道	嘉興崇德	61	宋理宗	淳祐	3	1243	元成宗	大德	7	1303
戴表之	師初	奉化	67	宋理宗	淳祐	4	1244	元武宗	至大	3	1310
陳普	尚德號懼齋	寧德	72	宋理宗	淳祐	4	1244	元仁宗	延祐	2	1315
鮮于樞	伯機號困學民	漁陽	57	宋理宗	淳祐	6	1246	元成宗	大德	6	1302
仇遠	仁近號山村民	錢唐		宋理宗	淳祐	7	1247				
白挺	延玉號湛淵	錢唐	81	宋理宗	定宗	3	1248	元明宗	天曆	元	1328
高克恭	彥敬	西域	63	宋理宗	定宗	3	1248	元武宗	至大	3	1310
劉因	夢吉號靜修	雄州容城	45	宋理宗	淳祐	9	1249	元世祖	至元	30	1293
胡長孺	汲仲號石塘	永康	75	宋理宗	淳祐	9	1249	元英宗	至治	3	1323
吳澄	幼清晚字伯清	撫州崇仁	85	宋理宗	淳祐	9	1249	元順帝	之統	元	1333
程鉅夫	號雪樓又號遠齋	建昌南城	70	宋理宗	淳祐	9	1249	元仁宗	延祐	5	1318
胡炳文	仲虎號雲峰	婺源	84	宋理宗	淳祐	10	1250	元順帝	之統	元	1333
陳櫟	壽翁	休寧	83	宋理宗	淳祐	12	1252	元順帝	之統	2	1334
王士元	長卿	汾州西河	56	宋理宗	寶祐	元	1253	元武宗	至大	元	1308
任士林	叔實	奉化	57	宋理宗	寶祐	元	1253	元武宗	至大	2	1309
熊鉌	位辛號勿軒	建陽	60	宋理宗	寶祐	元	1253	元仁宗	皇慶	元	1312
趙孟頫	子昂號松雪道人	湖州	69	宋理宗	寶祐	2	1254	元英宗	至治	2	1322
馬臻	志道號虛中	錢唐		宋理宗	寶祐	2	1254				
陳益稷			76	宋理宗	寶祐	2	1254	元明宗	天曆	2	1329

姓　名	字　　號	籍　貫	歲數	生　年				卒　年			
				帝王	年號	次	西曆	帝王	年號	次	西曆
李　孟	道復號秋谷	漢中	67	元憲宗		5	1255	元英宗	至治	元	1321
曹伯啓	士開	濟寧嶧山	79	宋理宗	寶祐	3	1255	元順帝	之統	元	1333
釋圓至	元隱號牧潛	高安	43	宋理宗	寶祐	4	1256	元成帝	大德	2	1298
馮子振	號海粟	攸州		宋理宗	寶祐	5	1257				
陳　孚	剛中號勿齋	台州臨海	51	宋理宗	開慶	元	1259	元武宗	至大	2	1309
鄧文原	善之號匪石	杭州	70	元憲宗		9	1259	泰定帝	致和	元	1328
宋　無	子虛號翠寒道人	吳郡		元世祖	中統	元	1260				
蒲道源	得之號順齋	興元南鄭	77	宋理宗	景定	元	1260	元順帝	至元	2	1336
遠　易	道甫	長洲	45	宋理宗	景定	3	1262	元成帝	大德	10	1306
方　瀾	叔淵	莆田	77	元理宗	中統	4	1263	元順帝	至元	5	1339
釋明本	號中峰	杭州新城	61	宋理宗	景定	4	1263	元英宗	至治	3	1323
何　中	太虛一字養正	撫州樂安	68	元度宗	至元	2	1256	元文宗	至順	3	1332
龔　璛	子敬	鎮江	66	宋度宗	咸淳	2	1266	元文宗	至順	2	1331
袁　桷	伯長	鄞縣	62	宋度宗	咸淳	2	1266	元泰定	泰定	4	1327
吾丘衍	子行號貞白	錢唐	44	元世祖	至元	5	1268	元武宗	至大	4	1311
黃公望	子久號太痴	永嘉	86	宋度宗	減淳	5	1268	元順帝	至正	14	1354
元明善	復初	大名清河	54	元世祖	至元	6	1269	元英宗	至治	2	1322
吳全節	成季號開開	饒州安仁	78	宋度宗	咸淳	5	1269	元順帝	至元	6	1346
貢　奎	仲章號雲林	宣城	61	元世祖	至元	6	1269	元明宗	天曆	2	1329
安　熙	敬仲號默庵	藁城	42	元世祖	至元	7	1270	元武宗	至大	4	1311
張養浩	希孟浩雲莊	濟南歷城	60	宋度宗	咸淳	6	1270	元明宗	天曆	2	1329
許　謙	益之號白雲	金華	68	元世祖	至元	7	1270	元順帝	至元	3	1337
柳　貫	道傳號烏蜀山人	浦江	73	宋度宗	咸淳	6	1270	元順帝	至正	2	1342
潘　音	聲甫	新昌	86	宋度宗	咸淳	6	1270	元順帝	至正	15	1355
楊　載	仲弘	錢唐	53	宋度宗	咸淳	7	1271	元英宗	至治	3	1323
虞　集	伯生號邵庵	撫州崇仁	77	宋度宗	咸淳	8	1272	元順帝	至正	8	1348
范　梈	亨父一字德機	清江	59	宋度宗	至元	9	1272	元文帝	至順	元	1330
薩都剌	天錫號直齋	回回	69	元度宗	至元	9	1272	元順帝	至元	6	1340
汪澤民	叔志	宣城	83	宋度宗	咸淳	9	1273	元順帝	至正	15	1355
揭傒斯	曼碩	豐城	71	宋度宗	咸淳	10	1274	元順帝	至正	4	1344
杜　本	伯源號清碧	清江	75	宋端宗	景炎	元	1276	元順帝	至正	10	1350
黃　溍	晉卿	義烏	81	元世祖	至元	14	1277	元順帝	至正	17	1357
項　炯	可立	台州臨海	61	元世祖	至元	15	1278	元順帝	至元	4	1338

姓　名	字　號	籍　貫	歲數	生　年				卒　年			
				帝　王	年號	次	西曆	帝　王	年號	次	西曆
陳　樵	君渠號鹿皮子	東陽	88	宋後**	祥興	元	1278	元順帝	至正	25	1365
馬祖常	伯庸	雍古	60	元世祖	至元	16	1279	元順帝	至元	4	1338
孛朮魯翀	子翬	鄧州順陽	60	元世祖	至元	16	1279	元順帝	至元	4	1338
吳　鎮	仲圭號梅花道人	嘉興	75	元世祖	至元	17	1280	元順帝	至正	14	1354
郭　畀	天賜號雲山	丹徒	56	元世祖	至元	17	1280	元順帝	至元	元	1335
李　存	明遠更字重公	饒州安仁	74	元世祖	至元	18	1281	元順帝	至正	14	1354
宋　本	誠夫	大都	54	元世祖	至元	18	1281	元順帝	元統	2	1334
歐陽玄	原功號圭齋	瀏陽	75	元世祖	至元	20	1283	元順帝	至正	17	1357
吳師道	正傳	蘭溪	62	元世祖	至元	20	1283	元順帝	至正	4	1344
張　雨	伯雨號貞居子	錢唐	68	元世祖	至元	20	1283	元順帝	至正	10	1350
釋大訢	笑隱	南昌	61	元世祖	至元	21	1284	元順帝	至正	4	1344
陳　旅	眾仲	莆田	56	元世祖	至元	24	1287	元順帝	至正	2	1342
許有壬	可用	湯陰	78	元世祖	至元	24	1287	元順帝	至正	24	1364
張　翥	仲舉號蛻菴	晉寧	82	元世祖	至元	24	1287	元順帝	至正	28	1368
柯九思	敬仲號丹丘生	仙居	54	元世祖	至元	27	1290	元順帝	至正	3	1343
陳　謙	子平	吳縣	67	元世祖	至元	7	1290	元順帝	至正	16	1356
鄭之佑	明德號尚左生	遂昌	73	元世祖	至元	29	1292	元順帝	至正	24	1364
吳景奎	文可	蘭溪	64	元世祖	至元	29	1292	元順帝	至正	15	1355
潘　純	子素	合吧		元世祖	至元	29	1292				
周霆震	亨遠號石初	安福	88	元世祖	至元	29	1292	明太祖	洪武	12	1379
呂思誠	仲實	平定	65	元世祖	至元	30	1293	元順帝	至正	17	1357
宋　褧	顯夫	大都	53	元世祖	至元	31	1294	元順帝	至正	6	1346 9
呂　裕	公饒	東陽	45	元世祖	至元	31	1294	元順帝	至元	4	1338
朱德潤	澤民	崑山	72	元世祖	至元	31	1294	元順帝	至正	25	1365
蘇天爵	伯修	眞定	59	元世祖	至元	31	1294	元順帝	至正	12	1352
楊維禎	廉夫號鐵崖	山陰	75	元成宗	元貞	2	1296	明太祖	洪武	12	1370
謝應芳	子蘭號龜巢	武進	97	元成宗	元貞	2	1296	明太祖	洪武	25	1392
吳　萊	立夫	浦江	44	元成宗	大德	元	1297	元順帝	至元	6	1340
周伯琦	伯溫號玉雪波**	鄱陽	72	元成宗	大德	2	1298	明太祖	洪武	2	1369
貢師泰	泰甫	宣城	65	元成宗	大德	2	1298	元順帝	至正	22	1362
鄭　玉	子美號師山	歙縣	61	元成宗	大德	2	1298	元順帝	至正	18	1358

姓　名	字　號	籍貫	歲數	生年 帝王	年號	次	西曆	卒年 帝王	年號	次	西曆
李　祁	一初號茶蘧	茶陵		元成宗	大德	3	1299				
林泉生	清源	永福	63	元成宗	大德	3	1299	元順帝	至正	21	1361
徐　舫	方舟	桐盧	68	元成宗	大德	3	1299	元順帝	至正	26	1366
葉　顒	景南	金華		元成宗	大德	4	1300				
倪　瓚	元鎮號雲林	無錫	74	元成宗	大德	5	1301	明太祖	洪武	7	1374
余　闕	廷心一字天心	唐兀	56	元成宗	大德	7	1303	元順帝	至正	18	1358
傅若金	與礪一自汝礪	新喻	40	元成宗	大德	7	1303	元順帝	至正	2	1342
汪克寬	德輔一字仲裕	祁門	69	元成宗	大德	8	1304	明太祖	洪武	5	1372
舒　頔	道原號貞素	績溪	74	元成宗	大德	8	1304	明太祖	洪武	10	1377
郭　翼	羲仲號束郭生	崑山	60	元成宗	大德	9	1305	元順帝	至正	24	1364
華幼武	彥清號栖碧	無錫	69	元成宗	大德	2	1307	明太祖	洪武	8	1375
月魯不花	彥明	蒙古	59	元武宗	至大	6	1308	元順帝	至正	26	1366
迺　賢	易之合魯氏	汝州郊縣		元武宗	至大	2	1309				
顧德輝	仲瑛號金栗道人	崑山	60	元武宗	至大	3	1310	明太祖	洪武	2	1369
李士瞻	彥聞	漢上	55	元仁宗	皇慶	2	1313	元順帝	至正	27	1367
陳　荃	敬初	臨海	57	元仁宗	延祐	元	1314	明太祖	洪武	3	1370
陳　高	子上號不繫舟漁	溫州平陽	53	元仁宗	延祐	2	1315	元順帝	至正	7	1367
郭　鈺	彥章號靜思	吉水		元仁宗	延祐	3	1316				
戴　良	叔能號九靈山人	浦江	67	元仁宗	延祐	4	1317	明太祖	洪武	16	1383
王　逢	原吉號席帽山人	江陰	70	元仁宗	延祐	6	1319	明太祖	洪武	21	1388
許　恕	恕號北郭生	江陰	50	元英宗	至治	2	1322	明太祖	洪武	6	1373
鄭允端	正淑	吳郡	30	泰定帝	泰定	4	1327	元順帝	至正	16	1356
吳　訥	克敏	休寧	27	元文宗	至順	2	1331	元順帝	至正	17	1357
王　冕	元章號煮石山農	諸暨						元順帝	至正	19	1359
王　翰	用文	靈武	46	元順帝	元統	元	1333	明太祖	洪武	2	1378
丁鶴年	永庚	回回	90	元順帝	元統	3	1335	明成祖	永樂	22	1424

附錄三　元代詩人大事年表

皇　帝	年　號	西　歷	事　　　略	共存王朝
金熙宗	皇統八	一一四八	邱處機生	
金世宗	大定一六	一一七六	李俊民生	宋孝宗淳熙三
金章宗	大定二六	一一八六	楊奐生	宋孝宗淳熙一二
	明昌二	一一九〇	元好問、耶律楚材、陳賡生	宋元宗紹熙元
	承安元	一一九六	段克己生、元好問七歲能詩	宋寧宗慶元二
	承安二	一一九七	楊果生	宋寧宗慶元三
	承安三	一一九八		宋寧宗慶元四
	承安四	一一九九	房皡生	宋寧宗慶元五
	承安五	一二〇〇	李俊民進士第一，授翰林應奉	宋寧宗慶元六
	泰和元	一二〇一		宋寧宗嘉泰元
	泰和二	一二〇二	王磐生	宋寧宗嘉泰二
	泰和三	一二〇三	劉祁、姚樞生	宋寧宗嘉泰三
	泰和四	一二〇四	杜瑛生	宋寧宗嘉泰四
	泰和五	一二〇五		宋寧宗開禧元
	泰和六	一二〇六		宋寧宗開禧二
	泰和七	一二〇七		宋寧宗開禧三
	泰和八	一二〇八		宋寧宗開定元
金衛紹王	大安元	一二〇九	許衡生	宋寧宗嘉定二
		一二一〇		宋寧宗嘉定三
		一二一一		宋寧宗嘉定四
	崇慶元	一二一二		宋寧宗嘉定五
金宣宗	至寧元	一二一三	宋寧宗嘉定六	
	貞祐	一二一四		
	至寧二		王義山生	宋寧宗嘉定七
	貞祐			宋寧宗嘉定八
	至寧三	一二一五	耶律楚材二六降，元世祖生	
	貞祐			
	至寧四	一二一六	元好問二七南渡，劉秉忠生	宋寧宗嘉定九
	貞祐			
	興定元	一二一七	元好問二八見趙秉文五九	宋寧宗嘉定十
	興定二	一二一八	耶律楚材二九謁成吉思汗	宋寧宗嘉定十一
	興定三	一二一九	耶律楚材三〇從成吉思汗西征	宋寧宗嘉定十二
	興定四	一二二〇	邱處機應召西行	宋寧宗嘉定十三

金宣宗	興定五	一二二一	元好問三二進士	宋寧宗嘉定十四
	元光元	一二二二	邱處機見太祖於雪山	宋寧宗嘉定十五
	元光二	一二二三	郝經生	宋寧宗嘉定十六
金哀宗	正大元	一二二四	邱處機還居燕之太極宮 元好問三五詞科	宋寧宗嘉定十七
	正大二	一二二五		宋理宗寶慶元
	正大三	一二二六		宋理宗寶慶二
	正大四	一二二七	邱處機八十卒，王惲、方回、牟巘生	宋理宗寶慶三
	正大五	一二二八		宋理宗紹定元
	正大六	一一二九		宋理宗紹定二
	正大七	一二三〇	段克己三五進士	宋理宗紹定三
	正大八	一二三一	耶律楚材四二中書令	宋理宗紹定四
	開興元 天興元	一二三二	陳思濟、劉辰翁生	宋理宗紹定五
	開興二 天興二	一二三三	耶律楚材四四「《湛然居士集》序」	宋理宗紹定六
	開興三 天興三	一二三四	元好問四五囚聊城	宋理宗端平元
		一二三五	元好問四六赴濟南	宋理宗端平二
		一二三六		宋理宗端平三
		一二三七		宋理宗嘉熙元
		一二三八	張弘範、姚燧生	宋理宗嘉熙二
		一二三九	趙文生、元好問五〇野史亭	宋理宗嘉熙三
		一二四〇	劉壎生	宋理宗嘉熙四
		一二四一	湯炳龍生	宋理宗淳祐元
元海迷失	元二三四	一二四二		宋理宗淳祐二
		一二四三	釋益、張伯淳生	宋理宗淳祐三
		一二四四	戴表元、陳普生，耶律楚材五五卒	宋理宗淳祐四
		一二四五		宋理宗淳祐五
元定宗	元二	一二四六	鮮于樞生	宋理宗淳祐六
		一二四七	仇遠生	宋理宗淳祐七
元海迷失	元二三	一二四八	白珽、高克恭生	宋理宗淳祐八
		一二四九	劉因、胡長孺生，吳澄、程鉅夫生	宋理宗淳祐九
		一二五〇	胡炳文生、劉祁四八卒	宋理宗淳祐十
元憲宗	元 二	一二五一		宋理宗淳祐十一
		一二五二	陳櫟生，元好問六三謁忽必烈	宋理宗淳祐十二

元憲宗	三	一二五三	王士元、任士林、熊鉌生	宋理宗寶祐元
	四	一二五四	趙孟頫、馬臻、陳益稷生 段克己五九卒李	宋理宗寶祐二
	五	一二五五	孟、曹伯啓生，楊奐七〇卒	宋理宗寶祐三
	六	一二五六	釋圓至生	宋理宗寶祐四
	七	一二五七	元好問六八卒，馮子振生	宋理宗寶祐五
	八	一二五八		宋理宗寶祐六
	九	三五九	陳孚、鄧文原生	宋理宗開慶元
元世祖	中統元	一二六〇	李俊民八五卒，宋無、蒲道源生，許衡五二謁見，郝經三九使宋囚眞州，楊果授北京宣撫史	宋理宗景定元
	中統二	一二六一		宋理宗景定二
	中統三	一二六二	袁易扛，王義山登進士	宋理宗景定三
	中統四	一二六三	方瀾、釋明本生，姚樞除中書左丞	宋理宗景定四
	至元元	一二六四	張弘範授順天路總管，改大各路	宋理宗景定五
	至元二	一二六五	何中生	宋度宗咸淳元
	至元三	一二六六	龔璛、韓性、袁桷生	宋度宗咸淳二
	至元四	一二六七		宋度宗咸淳三
	至元五	一二六八	吾丘衍、黃公望生，郝經四七放雁	宋度宗咸淳四
	至元六	一二六九	元明善、吳全節、貢奎生 楊果出爲懷孟路總管	宋度宗咸淳五
	至元七	一二七〇	安熙、張養浩、許謙、柳貫、潘音生戴表元登進士第授建康府教授	宋度宗咸淳六
	至元八	一二七一	楊載生，楊果七五卒	宋度宗咸淳七
	至元九	一二七二	釋清珙、虞集、范椁、薩都剌生	宋度宗咸淳八
	至元十	一二七三	汪澤民生，杜瑛七〇卒 姚樞拜昭文館大學士，熊鉌登進士第授寧武州司戶參軍，陳廥八五卒揭傒斯生，劉秉忠五九卒	宋度宗咸淳九
	至元十一	一二七四		宋度宗咸淳十
	至元十二	一二七五	郝經五三卒	宋恭宗德祐元
	至元十三	一二七六	于文傳、杜本生，姚樞改翰林承旨	宋瑞宗景炎元
	至元十四	一二七七	黃溍生，張弘範授江東宣慰使	宋瑞宗景炎二
	至元十五	一二七八	項炯、王艮、錢良佑、陳樵、王都中生，張弘範授蒙古漢軍都元帥	宋帝昺祥興元
	至元十六	一二七九	楊載生，楊果七五卒	帝昺祥興二
	至元十七	一二八〇	吳鎮、郭畀生，姚樞七八卒、張弘範四三卒	
	至元十八	一二八一	李存、宋本生，許衡七三卒	

元世祖	至元十九	一二八二		
	至元二十	一二八三	歐陽玄、吳師道、張雨生 方回五七「瀛奎律髓序」	
	至元二一	一二八四	釋大訢、查居廣生	
	至元二二	一二八五	陳益稷封安南國王	
	至元二三	一二八六	趙孟頫三三、程鉅夫三八應召，張伯淳 爲杭州路學教授	
	至元二四	一二八山	陳旅、許友壬、張翥生，王義山七四卒、 袁桷二二學於王應麟六五	
	至元二五	一二八八		
	至元二六	一二八九	薛玄曦生	
	至元二七	一二九〇	黃清老、柯九思、陳謙生趙孟頫三七集 賢直學士	
	至元二八	一二九一		
	至元二九	一二九二	鄭元祐、字文公諒、吳景奎、潘純、周 霆震生，王磐九二卒	
	至元三〇	一二九三	呂思誠生，劉因四五卒	
	至元三一	一二九四	宋褧、李裕、朱德潤、蘇天爵生	
元成宗	元貞元	一二九五	劉壎五五署建昌路學正 張伯淳除慶元路治中	
	元貞二	一二九六	楊維楨、謝應芳生	
	大德元	一二九七	吳萊生、劉辰翁六六卒 王士元授茫施路軍民總管經歷	
	大德二	一二九八	周伯琦、貢師泰、鄭玉生 釋圓至四三卒	
	大德三	一二九九	李祁、林泉生、徐舫生 趙孟頫授集賢直學士、提舉江浙儒學	
	大德四	一三〇〇	葉顒生，張伯淳爲翰林侍講 柳貫任江山教諭	
	大德五	一三〇一	倪瓚生，陳思濟七〇卒	
	大德六	一三〇二	鮮于樞五七卒	
	大德七	一三〇三	余闕、傅若金生，張伯淳六一卒	
	大德八	一三〇四	汪克寬、元文宗皇帝、舒頔生 王惲七八卒	
	大德九	一三〇五	郭翼生	
	大德十	一三〇六	袁易四五卒	
	大德十一	一三〇七	華幼武生，方回八一卒，吳全節授玄教 嗣師	

元武宗	至大元	一三〇八	月魯不花生，王士元五六卒 任士林薦授湖州安定書院山長
	至大二	一三〇九	迺賢、釋至仁生 任士林五七卒、陳孚五一卒
	至大三	一三一〇	顧德輝生，戴表元六七卒 高克恭六三卒，劉壎七〇遷延平路學教授，趙孟頫拜翰林侍讀，牟巘八五卒、吾丘衍四四卒、安熙四二卒
	皇慶元	一三一二	熊鉌六〇卒
	皇慶二	一三一三	李士瞻生，姚燧七六卒，蒲道源徵爲翰林編修遷國子博士
	延祐元	一三一四	陳基生，袁桷四九「開平第一集」
	延祐二	一三一五	陳高生，趙文七七卒、釋益七三卒、陳普七二卒，黃溍三九、馬祖常三十、歐陽玄三三、許有壬二九進士、楊在燈進士第，授浮梁州同知，遷寧國路推官。
	延祐三	一三一六	郭鈺生
	延祐四	一三一七	戴良生
	延祐五	一三一八	程鉅夫七十卒，汪澤民登進士第
	延祐六	一三一九	趙汸、王逢生，劉壎八〇卒 袁桷五四「開平第二集」李孟致仕柳貫除國子助教陞博士
元仁宗	延祐七	一三二〇	元順帝皇帝生柳貫五一「上京紀行詩」
元英宗	至治元	一三二一	李孟六七卒，袁桷五六「開平第二集」，宋本進士第授翰林修撰
	至治二	一三二二	許恕生，趙孟頫六九卒、元明善五四卒，吳全節授玄教大宗師、崇文弘道玄德眞人，胡長孺七五卒、釋明本六一卒、楊載五三卒
元泰定帝	泰定元	一三二四	宋本除監察御史，調國子監丞 柳貫遷太常博士
	泰定二	一三二五	
	泰定三	一三二六	汪克寬領鄉薦 柳貫出爲江西儒學提舉
	泰定四	一三二七	鄭允端生，袁桷六二卒 薩都剌五六、楊維楨三二進士
元文宗	致和元 天曆	一三二八	白珽八一卒、鄧文原七〇卒 宋本累遷吏部侍郎，改禮部，除藝文大監
	致和二 天曆	一三二九	陳益稷七六卒、貢奎六一卒 張養浩六〇卒、查居廣四六卒

元文宗	至順元	一三三〇	范梈五九卒，宋本進奎章閣供奉學士，李裕登進士第授陳州同知，改道州路推官。林泉生授福清州同知吳訥生、龔璛六六卒	
	至順二	一三三一		
	至順三	一三三二	何中六八卒、元文宗皇帝二九卒	
元順帝	元統元	一三三三	王翰生、吳澄八五卒、胡炳文八四卒，曹伯啓七九卒，劉基二三進士，李祁左榜進士第二，授翰林應奉，余闕右榜進士第二，月魯不花登進士第。	
	元統二	一三三四	陳櫟八三卒、宋本五四卒 蘇天爵三七「《國朝文類》，李尤魯狝出為江浙參政，陳旅除江浙儒學副提舉。	
	至元元	一三三五	丁鶴年、王晃生、郭畀五六卒 揭傒斯遷翰林待制，吳師道牽尹建德，入為國子助教，陞博士	
	至元二	一三三六		
	至元三	一三三七	許謙六八卒 舒頔辟貴池教諭，調丹陽	
	至元四	一三三八	項尚六一卒、馬祖常六〇卒、李尤魯狝六〇卒、方瀾七七卒，李裕四五卒，陳旅入為翰林應奉	
	至元五	一三三九		
	至元六	一三四〇	薩都剌六九卒、吳萊四四卒	
	至正元	一三四一	韓性七六卒、王都中六四卒 楊維楨四六「琴操十一首」，黃清老出為湖廣儒學提舉，柳貫起為翰林待制。	
	至正二	一三四二	柳貫七三卒、陳旅五六卒、傅若金四〇卒，揭傒斯陞翰林侍講	
	至正三	一三四三	柯九思五四卒，杜本以薦召為翰林待制，薛玄曦任佑聖觀住持兼領杭州諸宮觀。	
	至正四	一三四四	揭傒斯七一卒、錢良佑六七卒、吳師道六二卒、釋大訢六一卒	
	至正五	一三四五	薛玄曦五七卒	
	至正六	一三四六	吳全節七八卒、宋褧五三卒	
	至正七	一三四七		
	至正八	一三四八	楊維楨五一「鐵崖古樂府序」虞集七七卒、王艮七一卒、黃清老五九卒	
	至正九	一三四九		
	至正十	一三五〇	杜本七五卒、張雨六八卒 舒頔轉台州路學正	
	至正十一	一三五一		

元順帝	至正十二	一三五二	釋清珙八一卒、蘇天爵五九卒	
	至正十三	一三五三	于文傳七八卒	
	至正十四	一三五四	黃公望八六卒、吳鎮七五卒、李存七四卒，陳高登進士授慶元路錄事	
	至正十五	一三五五	潘音八六卒、王澤民八三卒、吳景奎六四卒	
	至正十六	一三五六	陳謙六七卒、鄭允端三〇卒	
	至正十七	一三五七	黃溍八一卒、歐陽玄七五卒、呂思誠六五卒、吳訥二七卒 鄭元祐辟平江路學教授	
	至正十八	一三五八	鄭玉六一卒、余闕五六卒	
	至正十九	一三五九	王冕卒、劉基四九仕	
	至正二〇	一三六〇		
	至正二一	一三六一	林泉生六三卒	
	至正二二	一三六二	貢師泰六五卒	
	至正二三	一三六三		
	至正二四	一三六四	許有壬七八卒、鄭元祐七三卒、郭翼六〇卒、楊維楨六九「復古詩集序」，鄭元祐授江浙儒學提舉	
	至正二五	一三六五	陳樵八八卒、朱德潤七二卒	
	至正二六	一三六六	徐舫六八卒、月魯不花五九卒 楊維楨「香奩八題序」	
	至正二七	一三六七	李士瞻五五卒、陳高五三卒	
	洪武一	一三六八	張翥八二卒	
	洪武二	一三六九	周伯琦七二卒顧德輝六〇卒趙汸五一卒、汪克寬徵入朝，與修《元史》成	
	洪武三	一三七〇	楊維禎七五卒陳基五七卒元順帝五一崩	
	洪武四	一三七一		
	洪武五	一三七二	汪克寬六九年	
	洪武六	一三七三	許恕五十卒	
	洪武七	一三七四	倪瓚七四卒	
	洪武八	一三七五	華幼武六九卒	
	洪武九	一三七六		
	洪武一〇	一三七七	舒頔七四卒	
	洪武一一	一三七八	王翰四六卒	
	洪武一二	一三七九	周霆震八八卒	

附錄四　台灣現存元人詩集小輯

作　者	書　　名	叢　書	版　　本
元好問	遺山集四十卷附錄一卷	四庫全書	明儲讙家藏本
李俊民	莊靖先生文集	四庫全書	兩淮馬裕家藏本
耶律楚材	湛然居士集十四卷	四庫全書	紀昀家藏本
劉秉忠	藏春集六卷	四庫全書	明處州知府馬偉刊本
張宏範	淮陽集一卷附錄詩餘一卷	四庫全書	明正德公安知縣周鉞刊本
郝　經	陵川集三十九卷附錄一卷	四庫全書	清乾隆戊午王繆刊本
張養浩	歸田類稿二十四卷	四庫全書	明刻本
釋　英	白雲集三卷	四庫全書	舊鈔本
王義山	稼村類稿三十卷	四庫全書	清兩淮鹽政採進本
方　回	桐江續集三十六卷	四庫全書	元時舊刻本
楊公遠	野趣有聲畫二卷	四庫全書	明嘉靖丙申汪氏復鈔本
黃　庚	月屋漫稿一卷	四庫全書	清道光癸卯勞氏丹鉛精舍鈔本
戴表元	剡源文集三十卷	四庫全書	明嘉靖周氏輯本
艾性夫	剩語二卷	四庫全書	永樂大典本
張伯淳	養蒙集十卷	四庫全書	清錢塘厲鶚鈔本
陸文圭	牆東類稿二十卷	四庫全書	永樂大典本
趙　文	青山集八卷	四庫全書	永樂大典本
劉　詵	桂隱文集四卷詩集四卷	四庫全書	明嘉靖劉氏家藏鈔本
張觀光	屏岩小稿一卷	四庫全書	清汪日藻家藏本
王　奕	玉斗山人集三卷	四庫全書	清浙江鮑氏家藏本
釋善住	谷響集三卷	四庫全書	清汪如藻家藏本
吾邱衍	竹素山房詩集三卷	四庫全書	清汪如藻家藏本
胡祇遹	紫山大全集二十六卷	四庫全書	永樂大典本
任士林	松鄉文集十卷	四庫全書	清馬裕家藏本
趙孟頫	松雪齋集十卷外集一言	四庫全書	清馬裕家藏本
吳　澄	吳文正集一百卷	四庫全書	清孫仰曾家藏本
仇　遠	金淵集六卷	四庫全書	清乾隆四十年武英殿聚珍本
仇　遠	山村遺集一卷	四庫全書	清浙江鮑氏家藏本
白　珽	湛淵集一卷	四庫全書	清浙江鮑氏家藏本
釋圓至	牧潛集七卷	四庫全書	清汪如藻家藏本
楊弘道	小亨集六卷	四庫全書	永樂大典本
楊　奐	還山遺稿二卷附錄一卷	四庫全書	清浙江鮑氏家藏本

作　者	書　　　名	叢　書	版　　　本
許　衡	魯齋遺書八卷附錄二卷	四庫全書	清張若淮家藏本
劉　因	靜修集三十卷續集	四庫全書	元至正中官刻本
魏　初	青崖集五卷	四庫全書	永樂大典本
劉將孫	養吾齋集三十二卷	四庫全書	永樂大典本
龔　璛	存悔齋稿一卷補遺一卷	四庫全書	清浙江鮑氏家藏本
耶律鑄	雙溪醉隱集八卷	四庫全書	永樂大典本
滕　安	東菴集四卷	四庫全書	永樂大典本
許　謙	白雲集四卷	四庫全書	清朱筠家藏本
程端禮	畏齋集六卷	四庫全書	永樂大典本
安　熙	默菴集五卷	四庫全書	永樂大典本
胡炳文	雲峰集十卷	四庫全書	明正德二年徽州羅氏刊本
王　惲	秋澗集一百卷	四庫全書	鈔本
姚　燧	牧菴文集三十六卷	四庫全書	永樂大典本
程鉅夫	雪樓集三十卷	四庫全書	明洪武甲戌秘閣本
曹伯啓	曹文貞詩集十卷後錄一卷	四庫全書	清蔣曾瑩家藏本
陳孚	觀光稿一卷交州稿一卷玉堂稿一卷附錄一卷	四庫全書	浙江巡撫採進本
陳宜甫	秋巖詩集二卷	四庫全書	永樂大典本
尹廷高	玉井樵唱二卷	四庫全書	清馬裕家藏本
王　旭	蘭軒集十六卷	四庫全書	永樂大典本
袁　桷	清容居士集五十卷	四庫全書	舊鈔本
周　權	此山集四卷	四庫全書	清浙江鮑氏家藏本
馬　臻	霞外詩集十卷	四庫全書	清浙江鮑氏家藏本
牟　巘	陵陽集	四庫全書	
張之翰	西巖集二十卷	四庫全書	永樂大典本
釋大訢	蒲室集十五卷	四庫全書	舊鈔本
黃　玠	牟山小隱吟錄二卷	四庫全書	舊鈔本
洪希文	續軒渠集十卷附錄一卷	四庫全書	浙江巡撫採進本
陳　櫟	定宇集十六卷別集一卷	四庫全書	清康熙三十五年刊本
侯克中	艮齋詩集十四卷	四庫全書	清浙江鮑氏家藏本
何　中	知非堂稿六卷	四庫全書	江西巡撫採進本
貢　奎	雲林集十卷附錄一卷	四庫全書	清馬裕家藏本
郭豫亨	梅花字字香前集一卷後集一卷	四庫全書	清浙江鮑氏家藏本
劉敏中	中菴集二十卷	四庫全書	永樂大典本
王　結	王文忠集六卷	四庫全書	永樂大典本

作　者	書　名	叢　書	版　本
袁　易	靜春堂集四卷	四庫全書	清馬裕家藏本
劉　鶚	惟實集七卷外集一卷	四庫全書	江西巡撫採進本
蕭　𣂏	勤齋集八卷	四庫全書	永樂大典本
馬祖常	石田集十五卷	四庫全書	明弘治熊氏重刊本
同　恕	矩菴集十五卷	四庫全書	永樂大典本
虞　集	道園學古錄五十卷	四庫全書	至正元年刊本
虞　集	道園遺稿六卷	四庫全書	至正十九年軒刊本
楊　載	楊仲宏集八卷	四庫全書	清中葉留香室刊本
范　梈	范德機詩七卷	四庫全書	景元鈔本
揭傒斯	文安集十四卷	四庫全書	清汪如藻家藏本
宋　無	翠寒集一卷	四庫全書	明末虞山毛氏汲古閣刊本
	盒囈集一卷	中圖善本	明嘉靖丙戌秀水知縣本
丁　復	檜亭集九卷	四庫全書	清浙江鮑氏家藏本
王　沂	伊濱集二十四卷	四庫全書	永樂大典本
吳　萊	淵穎集十二卷附錄一卷	四庫全書	兩江總都採進本
黃　溍	黃文獻集十卷	四庫全書	清浙江鮑氏家藏本
歐陽玄	圭齋集十五卷附錄一卷	四庫全書	江西巡撫採進本
柳　貫	待制集二十卷附錄一卷	四庫全書	清浙江鮑氏家藏本
陳　泰	所安遺集一卷	四庫全書	清汪如藻家藏本
蒲道源	閒居叢稿二十六卷	四庫全書	江蘇巡撫採進本
許有壬	至正集人十一卷	四庫全書	楊士奇家藏本
許有壬	圭堂小稿十三卷別集二卷續集一卷附錄一卷	四庫全書	十萬卷樓鈔本
吳師道	禮部集二十卷附錄一卷	四庫全書	兩淮鹽政採進本
程端學	積齋集五卷	四庫全書	永樂大典本
宋　褧	燕石集十五卷	四庫全書	江蘇巡撫採進本
黃鎮成	秋聲集四卷	四庫全書	清馬裕家藏本
薩都剌	雁門集三卷、集外詩一卷	四庫全書	江蘇巡撫採進本
洪焱祖	杏亭摘稿一卷	四庫全書	烏絲闌鈔本
陳　旅	安雅堂集十三卷	四庫全書	清馬裕家藏本
傅若金	傅與礪詩文集二十卷	四庫全書	江蘇巡撫採進本
朱晞顏	瓢泉吟稿五卷	四庫全書	永樂大典本
唐　元	筠軒集十三卷	四庫全書	安徽巡撫採進本
李　存	俟菴集三十卷	四庫全書	清馬裕家藏本
余　闕	青陽集四卷	四庫全書	明萬曆戊子廬州知府張道明刊本

作　者	書　　　名	叢　書	版　　　本
朱晞顏	鯨背吟集一卷	四庫全書	清汪如藻家藏本
李士瞻	經濟文集六卷	四庫全書	舊鈔本
周伯琦	近光集三卷扈從詩一卷	四庫全書	江蘇巡撫採進本
胡　助	純白齋類稿二十卷	四庫全書	浙江巡撫採進本
盧　琦	圭峰集二卷	四庫全書	清浙江鮑氏家藏本
張　翥	蛻菴集五卷	四庫全書	明釋大杍手鈔本
李孝光	五峰集六卷	四庫全書	清汪如藻家藏本
邵亨貞	野處集四卷	四庫全書	浙江巡撫採進本
釋大圭	夢觀集五卷	四庫全書	舊鈔本
納　新	金臺集二卷	四庫全書	江蘇巡撫採進本
張仲深	子淵詩集六卷	四庫全書	永樂大典本
陳　鎰	午溪集十卷	四庫全書	清汪如藻家藏本
吳景奎	藥房樵唱二卷附錄一卷	四庫全書	清浙江鮑氏家藏本
岑安卿	栲栳山人詩集二卷	四庫全書	舊鈔本
吳　鎮	梅花道人遺墨二卷	四庫全書	清浙江鮑氏家藏本
貢師泰	玩齋集十卷拾遺一卷	四庫全書	明天順間沈氏輯本
劉仁本	羽庭集六佚	四庫全書	永樂大典本
陳　高	不繫舟漁集十六卷	四庫全書	舊鈔本
成廷珪	居竹軒集四卷	四庫全書	清浙江鮑氏家藏本
張　雨	句曲外史集三卷補遺三卷集外詩一卷	四庫全書	明末虞山毛氏汲古閣刊元十家本
鄭元祐	僑吳集十二卷	四庫全書	清初錢氏手鈔本
謝宗可	詠物詩一卷	四庫全書	清浙江鮑氏家藏本
陳　樵	鹿皮子集四卷	四庫全書	清馬裕家藏本
郭　翼	林外野言二卷	四庫全書	清鮑氏家藏本
胡天遊	傲軒吟稿一卷	四庫全書	清鮑氏家藏本
王　翰	友石山人遺稿一卷	四庫全書	清汪如藻家藏本
吳　當	學言詩稿六卷	四庫全書	江西巡撫採進本
許　恕	北郭集六卷補遺一卷	四庫全書	清鮑氏家藏本
張　憲	玉笥集十卷	四庫全書	清鮑氏家藏本
金　涓	青村遺稿一卷	四庫全書	明嘉靖金魁掇拾本
丁鶴年	丁鶴年集一卷	四庫全書	清直隸總都採進本
舒　頔	貞素齋集八卷附錄一卷北莊遺稿一卷	四庫全書	清鮑氏家藏本
李繼本	一山文集九卷	四庫全書	清馬裕家藏本

作　者	書　　名	叢　書	版　　本
錢惟善	江用松風集十二卷	四庫全書	清康熙金氏鈔本
謝應芳	龜巢集十七卷	四庫全書	清汪如藻家藏本
周霆震	石初集十七卷	四庫全書	清鮑氏家藏本
甘　復	山窗餘稿一卷	四庫全書	清鮑氏家藏本
王　逢	梧溪集七卷	四庫全書	清康熙間鈔校本
吳　皋	吾吾類稿三卷	四庫全書	永樂大典本
葉　顒	樵雲獨唱六卷	四庫全書	清鮑氏家藏本
魯　貞	桐山老農集四卷	四庫全書	清范懋柱天一閣藏本
郭　鈺	靜思集十卷	四庫全書	明嘉靖郭氏孫家藏本
戴　良	九靈山房集三十卷補編二卷	四庫全書	兩江總都採進本
楊允孚	灤京雜詠一卷	四庫全書	清鮑氏家藏本
李　祁	雲陽集十卷	四庫全書	明弘治間李東陽刊本
貢性之	南湖集二卷	四庫全書	清鮑氏家藏本
顧　瑛	玉山璞稿一卷	四庫全書	清馬裕家藏本
倪　瓚	清閟閣集十二卷倪瓚	四庫全書	明末虞山毛氏汲古閣刊元十家本
呂　誠	來鶴亭詩九卷補遺一卷	四庫全書	清鮑氏家藏本
朱希晦	雲松巢三卷	四庫全書	清鮑氏家藏本
周　巽	性情集六卷	四庫全書	永樂大典本
沈夢麟	花溪集三卷	四庫全書	沈氏元孫編本
胡行簡	樗隱集六卷	四庫全書	永樂大典本
趙　汸	東山存稿七卷附錄一卷	四庫全書	明嘉靖戊午鮑志定輯本
楊維楨	東維子集三十卷附錄一卷	四庫全書	清浙江孫仰曾家藏本
楊維楨	鐵崖古樂府十卷樂府補六卷	四庫全書	元吳復編本
楊維楨	復古詩集六卷	四庫全書	清汪如藻家藏
楊維楨	麗則遺音四卷	四庫全書	明毛晉重刻本
陳　基	夷白齋稿三十五卷外集一卷	四庫全書	清鮑氏家藏本
宋　禧	庸菴集十四卷	四庫全書	永樂大典本
張　昱	可間老人集四卷	四庫全書	清鮑氏家藏本
梁　寅	石門集七卷	四庫全書	馬氏玲瓏山館鈔本
鄧　雅	玉笥集九卷	四庫全書	舊鈔本
李　庭	寓庵集	新文豐	藕香零拾本
元明善	清河集七卷	新文豐	藕香零拾本
中峰禪師	梅花百詠	中圖善本	
蘭谿于石	紫巖詩選	中圖善本	

作　者	書　　名	叢　書	版　　本
方　瀾	方叔淵稿	中圖善本	
朱思本	貞一齋詩稿	中圖善本	
王子端	黃華集	中圖善本	
陶宗儀	陶南村集	中圖善本	
陶宗儀	滄浪櫂歌	中圖善本	
王　冕	竹齋詩集	中圖善本	
王　冕	竹谿稿	中圖善本	
閻　復	靜軒集	中圖善本	
李尤魯狮	菊潭集	新文豐	藕香零拾本
危　素	危太樸集二十二卷附錄一卷	中圖善本	
華幼武	黃楊集六卷大德丙午原刊本卷	中圖善本	明山陰祁澹生堂藍格鈔本
吳　海	聞過齋集八卷	中圖善本	
趙　偕	趙寶峰集二卷	中圖善本	
李道純	清庵先生中和集前集三卷後集三卷	中圖善本	明覆刊元大德刊本
韓　弈	韓山人詩集不分卷	中圖善本	清雍乾間鈔本
俞　炎	林屋山人漫稿一卷	中圖善本	
黃　庚	月屋樵吟二卷	中圖善本	舊鈔本
釋道惠	廬山外集四卷	中圖善本	日本寬文年間刊本
馬玉麟	東皋先生詩集五卷	中圖善本	鈔本
嚴士貞	桃溪雜詠一卷	中圖善本	清乾隆乙亥歙縣鮑廷博手鈔本
邵亨貞	蟻術詩選八卷	中圖善本	舊鈔本
丁鶴年	鶴年詩集三卷	中圖善本	明正統二年章琦武昌刊本
朱德潤	成性齋文集九卷	中圖善本	舊鈔本
呂　誠	竹洲歸田稿一卷	中圖善本	
	附鶴亭唱和一卷	中圖善本	
呂　誠	來鶴草堂稿一卷	中圖善本	舊鈔本
呂　誠	番禺稿一卷	中圖善本	舊鈔本
呂　誠	既白軒稿一卷	中圖善本	舊鈔本
張玉孃	張大家蘭雪集二卷附錄一卷	中圖善本	舊鈔本
張　昱	張光弼詩集二卷	中圖善本	舊鈔本
釋清珙	石屋和尚山唐詩一卷	中圖善本	明洪武間刊本
釋克新	雪廬稿一卷	中圖善本	日本槎峨刊本
張　通	張三豐先生全八卷	中研善本	

參考書目舉要

一、史　學

1. 《元史》，宋濂，鼎文書局。
2. 《新元史》，柯劭忞，上海古籍出版社 1988 年版。
3. 《蒙兀兒史記》，屠寄，上海古籍出版社 1988 年版。
4. 《多桑蒙古史》，馮承鈞譯，商務 1963 年版。
5. 《蒙古黃金史譯註》，札奇斯欽，聯經出版社。
6. 《漢譯蒙古黃金史綱》，賈敬顏，內蒙古人民出版社 1985 年版。
7. 《新譯蒙古秘史》，道潤步梯，香港三聯書局 1980 年版。
8. 《元史本證》，汪輝祖，北京中華書局 1984 年版。
9. 《國朝名臣事略》，蘇天爵，世界書局。
10. 《元史紀事本末》，陳邦瞻，三民書局。
11. 《廿二史刮記》，趙翼，廣文書局。
12. 《文獻通考》，馬瑞臨，新興書局。
13. 《黑韃事略》，彭大雅，正中書局蒙古史料四種。
14. 《南村輟耕錄》，陶宗儀，木鐸出版社 1982 年版。
15. 《宋元學案》，黃宗羲，北平中華書局 1986 年版。
16. 《續資治通鑑》，畢沅，四部備要本。
17. 《元史》，黎傑，九思 1978 年版。
18. 《元史研究》，陳垣，九思出版社 1977 年版。
19. 《姚從吾先生全集（五）（六）（七）》，姚從吾，正中書局 1981 年版。
20. 《元代史新探》，蕭啟慶，新文豐 1983 年版。
21. 《海寧王靜安先生遺書》，王國維，商務印書館。

22. 《元史學概說》，楊志玖，天津教育出版社 1989 年版。

23. 《宋遼金元史新論》，陶晉生，木鐸出版社。

24. 《元代戶計制度研究》，黃清連，台大文史叢刊 1977 年版。

25. 《元史研究論集》，袁冀，商務印書館 1974 年版。

26. 《元史論叢》，袁冀，聯經 1978 年版。

27. 《元史三論》，楊志玖，人民出版社 1985 年版。

28. 《元朝史話》，邱樹森，中國青年 1980 年版。

29. 《元朝史話》，黃時鑑，北京出版社 1985 年版。

30. 《元代吏制研究》，許凡，勞動人民出版社 1987 年版。

31. 《元代社會階級制度》，蒙思明，香港龍門書店 1967 年版。

32. 《元代蒙漢色目待遇考》，箭內互，商務 1963 年版。

33. 《元代漢文化之活動》，孫克寬，中華書局 1968 年版。

34. 《蒙古史論叢》，札奇斯欽，學海出版社 1990 年版。

35. 《元史新講》，李則芬，自印本。

36. 《宋遼金元史研究論集》，姚從吾等，大陸雜誌社。

37. 《元明史研究論集》，孫克寬，大陸雜誌社。

38. 《從元代蒙人習俗軍事論元代蒙古文化》，袁冀，商務 1973 年版。

39. 《元代道教之發展》，孫克寬，東海大學。

40. 《寒原道論》，孫克寬，聯經 1977 年版。

41. 《蒙古漢軍與漢文化研究》，孫克寬，東海大學 1958 年版。

42. 《元代金華學述》，孫克寬，東海大學 1975 年版。

43. 《西域人與元初政治》，蕭啟慶，台大文史叢刊 1966 年版。

44. 《蒙古文化與社會》，札奇斯欽，商務 1978 年版。

45. 《中國史學上之正統論》，饒宗頤，宗青圖書公司 1979 年版。

46. 《元代奎章閣及奎章人物》，姜一涵，聯經 1981 年版。

47. 《宋元理學家著述生卒年表》，麥仲貴，新亞研究所 1968 年版。

48. 《元代畫家史料》，陳高華，上海人民美術出版社 1980 年版。

49. 《柯九思史料》，宗典，上海人民美術出版社 1973 年版。

50. 《中國隱士與中國文化》，蔣星煜，上海三聯書局 1988 年版。

51. 《耶律楚材》，黃時鑑，上海人民出版社 1986 年版。

52. 《中國學術思想史論叢（六）》，錢穆，東大圖書公司 1985 年版。

二、元　集

1. 《大雅集三十卷》，賴良，四庫全書珍本三集。
2. 《谷音二卷》，杜本，商務四部叢刊初編本。
3. 《河汾諸老詩集八卷》，房祺，商務四部叢刊初編本。
4. 《國朝文類》，蘇天爵，商務四部叢刊初編。
5. 《月泉吟社詩一卷》，吳渭，新文豐叢書集成新編。
6. 《梅花百詠一卷》，馮子振，文淵閣四庫全書本。
7. 《忠義集七卷》，趙景良，文淵閣四庫全書本。
8. 《玉山名勝集十二卷》，顧瑛，文淵閣四庫全書本。
9. 《草堂雅集十三卷》，顧瑛，文淵閣四庫全書本。
10. 《荊南倡和集一卷》，周砥，文淵閣四庫全書本。
11. 《元首十二卷》，不著編者，四庫珍本五集。
12. 《元音遺響》，胡布，四庫珍本三集。
13. 《元詩體要十四卷》，宋緒，文淵閣四庫全書本。
14. 《元詩選》，顧嗣立，北京中華書局1985年版。
15. 《元詩別裁》，張景星，北京中華書局1977年版。
16. 《元詩紀事》，陳衍，上海古籍出版社1987年版。
17. 《遼金元宮詞》，北京古籍出版社1988年版。
18. 《元季四畫家詩校輯》，莊申，香港大學亞洲研究中心1982年版。
19. 《揭傒斯全集》，李夢生校輯，上海古籍出版社1985年版。
20. 《趙孟頫集》，任道斌校輯，上海古籍出版社1985年版。
21. 《雁門集》，殷孟倫校輯，上海古籍1982年版。
22. 《王冕詩選》，張堃，浙江文藝出版社1984年版。
23. 《湛然居士集》，北平中華書局1986年版。

（其他台灣現存元人別集請參看附錄四）

三、詩話文論

1. 《詩源辨體》，許學夷，人民文學1987年版。
2. 《名家詩法彙編》，朱紱，廣文書局1973年版。
3. 《甄台詩話》，蔣晃，學生書局1972年版。
4. 《詩譚》，葉廷秀，廣文1973年版。

5. 《恬致堂詩話》，李日華，廣文 1971 年版。

6. 《夢蕉詩話》，游潛，廣文 1971 年版。

7. 《佘山詩話》，陳繼儒，廣文 1971 年版。

8. 《豫章詩話》，郭子章，廣文 1973 年版。

9. 《藝藪談宗》，周子文，廣文 1973 年版。

10. 《都玄敬詩話》，都穆，廣文 1973 年版。

11. 《詩話類篇》，王昌會，廣文 1972 年版。

12. 《詩藪》，胡應麟，廣文 1972 年版。

13. 《分類詩話》，王漁洋，廣文 1968 年版。

14. 《南浦詩話》，梁章鉅，廣文 1972 年版。

15. 《西江詩話》，裘君弘，廣文 1973 年版。

16. 《歷代詩話》，吳景旭，四庫全書本。

17. 《歷代詩話》，何文煥，漢京文化事業 1983 年版。

18. 《歷代詩話續編》，丁福保，木鐸 1983 年版。

19. 《百種詩話類編》，臺靜農，藝文印書館 1974 年版。

20. 《清詩話》，丁福保，木鐸出版社 1988 年版。

21. 《清詩話續編》，郭紹虞，木鐸 1983 年版。

22. 《詩論分類纂要》，朱任生，商務 1971 年版。

23. 《詩問四種》，王士禎等，齊魯書社 1985 年版。

24. 《清詩話訪佚初稿》，杜松柏，新文豐 1987 年版。

四、近人研究專著

1. 《元詩研究》，包根弟，幼獅文化事業 1978 年版。

2. 《元明詩概說》，吉川幸次郎，幼獅文化事業 1976 年版。

3. 《宋元文學史稿》，吳組緗，北京大學出版社 1989 年版。

4. 《感情的多元選擇 —— 宋元之際作家的心靈活動》，張宏生，現代出版社 1990 年版。

5. 《蕭瑟金元調》，李夢生，中華書局。

6. 《元遺山研究》，繼琨，自印本 1974 年出版。

7. 《元遺山新論》，降大任，北岳文藝出版社 1988 年版。

8. 《元好問傳》，郝樹侯，山西人民出版社 1990 年版。

9. 《元好問研究論文集》，山西古典文學研究會，山西人民出版社 1987

年版。

10. 《元許魯齋評述》,袁國藩,商務印書館 1972 年版。

11. 《元太呆藏春散人劉秉忠評述》,袁國藩,商務印書館 1974 年版。

12. 《元吳草廬評述》,袁冀,文史哲出版社 1978 年版。

13. 《趙孟頫文學與藝術之研究》,戴麗珠,學海出版社 1986 年版。

14. 《楊維楨詩學研究》,劉美華,文史哲出版社 1983 年版。

15. 《文天祥生平及其詩詞研究》,張公鑑,商務 1989 年版。

16. 《遼金元文學史》,吳梅,商務印書館。

17. 《中國詩歌研究》,羅宗濤,中央文物供應社 1985 年版。

18. 《談藝錄》,錢鍾書,木鐸 1983 年版。

19. 《唐詩的傳承——明代復古詩論研究》,學生書局 1990 年版。陳國球,

20. 《中國詩歌美學》,蕭馳,北京大學 1986 年版。

21. 《迦陵談詩》,葉嘉瑩,三民書局 1983 年四版。

22. 《中國詩的追尋》,李正治,業強出版社 1986 年版。

23. 《陳世驤文存》,陳世驤,志文出版社 1975 年版。

24. 《照隅室古典文學論集》,郭紹虞,丹青圖書公司 1985 年版。

25. 《中國詩學》,劉若愚,幼獅出版社 1985 年五版。

26. 《詩論》,朱光潛,正中書局 1982 年十一版。

27. 《詩言志辨》,朱自清,漢京文化事業 1983 年版。

28. 《抒情的境界——中國文化新論文學篇一》,蔡英俊等,聯經 1982 年版。

29. 《中國山水詩研究》,王國瓔,聯經 1986 年版。

30. 《元代文學批評資料彙編》,曾永義,成文 1978 年版。

31. 《元代文學批評之研究》,朱榮智,聯經 1982 年版。

32. 《中國文學理論》,劉若愚,聯經 1985 年版。

33. 《六朝文論》,廖蔚卿,聯經 1978 年版。

34. 《中國文學論集》,徐復觀,學生書局 1985 年版。

35. 《古今文論探索》,郁沅,武漢出版社 1988 年版。

36. 《中國文學批評史》,郭紹虞,盤庚出版社 1988 年版。

37. 《中國古典文學批評論集》,楊松年,三聯書局 1987 年版。

38. 《比興物色與情景交融》,蔡英俊,大安出版社 1986 年版。

39. 《從詩到曲》，鄭騫，科學出版社 1961 年版。

40. 《兩宋文史論叢》，黃啓方，學海出版社 1985 年版。

41. 《宋詩概說》，吉川幸次郎，聯經出版社 1979 年二版。

42. 《宋詩散論》，張白山，上海古籍 1983 年版。

43. 《中國詞學的現代觀》，葉嘉瑩，大安出版社 1988 年版。

44. 《詞學綜論》，馬興榮，齊魯書社 1989 年版。

45. 《畫論叢刊上下卷》，于安瀾，人民美術出版社 1989 年版。

46. 《中國繪畫理論》，傅抱石，華正書局 1984 年版。

47. 《中國美術史（第五卷）》，王伯敏，山東教育出版社 1988 年版。

48. 《中國畫學全史》，鄭昶，上海書畫出版社 1985 年版。

49. 《中國繪畫史下冊》，俞劍華，商務 1960 年版。

50. 《中國美術史論集》，虞君質等，中華文化出版事業 1955 年版。

51. 《中國畫研究》，陳兆復，丹青 1988 年版。

52. 《中國畫論類編》，俞崑，華正書局。

53. 《中國古代繪畫理論發展史》，葛路，丹青 1987 年版。

54. 《中國畫史研究》論集，李霖燦，商務印書館。

55. 《元代墨竹之研究》，許湘苓，台大歷史所 1979 年碩論。

56. 《明人解釋文人畫的趨勢》，徐澄琪，台大歷史所碩論。

57. 《元代繪畫理論之研究》，石守謙，台大 1977 年碩論。

58. 《中國畫史研究》，莊申，正中書局 1970 年二版。

59. 《中國畫史研究續集》，莊申，正中書局 1972 年版。

60. 《中國書畫特色之研究》，楊敦禮，橄欖文化事業基金會 1984 年版。

61. 《中國藝術文化史——題跋學》，許海欽，豪峰 1985 年二版。

62. 《元四大家》，張光賓，國立故宮博故院 1984 年版。

63. 《元代畫家吳鎮》，陳擎光，國立故宮博故院 1983 年版。

64. 《黃公望繪畫觀研究》，吳長鵬，藝術家出版社 1980 年版。

65. 《倪瓚繪畫觀研究》，吳長鵬，藝術家出版社 1980 年版。

66. 《高克恭研究》，吳保合，國立故宮博故院 1987 年版。

67. 《元朝書畫史研究論集》，張光賓，國立故宮博故院 1989 年版。

68. 《元代花鳥畫新風貌之研究》，黃光男，復文書局 1985 年版。

69. 《藝術的興味》，吳道文，東大圖書 1988 年版。

70. 《中國畫的根本精神與學術文化背景》，程曦，香港商務印書館。

71. 《山水與美學》，伍蠡甫等，丹青 1987 年版。

72. 《書畫與文人風尚》，張懋鎔，文津出版社 1989 年版。

73. 《中國古典繪畫美學》，郭因，丹青 1987 年版。

74. 《中國藝術精神》，徐復觀，學生書局 1976 年五版。

75. 《苦澀的美感》，何懷碩，大地出版社 1977 年四版。

76. 《美的歷程》，李澤厚，元山書局 1984 年版。

77. 《美學散步》，宗白華，世華文化社。

78. 《藝境》，宗白華，北京大學出版社 1987 年版。

79. 《中國文化之精神價值》，唐君毅，正中書局 1989 年版。

80. 《美學與藝術演講錄續編》，林同華，上海人民出版社 1988 年版。

81. 《神與物游 —— 論中國傳統審美方式》，成復旺，中國人民大學 1989 年版。

82. 《中國古代美學範疇》，曾祖蔭，華中理工大學 1986 年版。

83. 《詩與畫》的界線，朱光潛，元山書局 1985 年版。

84. 《詩與畫》，戴麗珠，聯經 1978 年版。

85. 《中國詩畫》，曾景初，北京國際文化出版社 1989 年版。

86. 《唐朝題畫詩註》，孔壽山，四川美術出版社 1988 年版。

87. 《題畫詩類編》，任世杰，安徽美術出版社 1989 年版。

88. 《歷代題畫詩類編》，李德壎，山東教育出版社 1987 年版。

89. 《文藝社會學》，Robert Escarpit，南方出版社 1988 年版。

90. 《文學社會學》，Robert Escarpit，安徽文藝出版社 1988 年版。

91. 《文學社會學》引論，Alphons Silbermann，安徽文藝出版社 1988 年版。

92. 《文學社會學》方法論，Lucien Goldman，北京新華書店 1989 年版。

93. 《文學社會學》，何金蘭，桂冠圖書公司 1989 年版。

94. 《郭德曼的文學社會學》，Mary Evans，桂冠圖書公司 1990 年版。

五、期　刊

1. 〈元詩概論〉，徐亮之，《文學世界》二十七期。

2. 〈略談元詩〉，繭廬，《暢流》十六卷十期。

3. 〈元代詩歌散論〉，范寧，《語言文學》1992 年六期。

4. 〈元詩中反映的元代社會面貌〉，匡裕徹，《鄖陽師專學報》1992 年一期。

5. 〈元明之際詩中的評論〉，勞延烜，《陶希聖先八秩榮慶論文集》。（食貨出版社 1979 年 12 月）

6. 〈元詩淺談〉，周惠泉，《《古典文學》論叢》第一輯。

7. 〈試論元代詩人的隱逸江泉〉，傾向，《《古典文學》論叢》第二輯。

8. 〈元代詩學〉，包根弟，《中國文學講話八遼金元文學》（巨流 1986 年版）。

9. 〈元詩試評〉，高越夫，《中國詩季刊》一卷三期，〈五朝詩評〉。

10. 〈元詩四大家〉，包根弟，《輔仁國文學報》第四期。

11. 〈元詩的特質〉，包根弟，《青年戰士報》1987 年 11 月 19 日十版。

12. 〈元明之際的文壇概觀〉，郭源新，《文學》一卷六期。

13. 〈宋元間一段詩史〉，程樹德，《中和月刊》一卷四期。

14. 〈倪雲林與清閟閣〉，于大成，《純文學》十卷二期。

15. 〈倪雲林生平及詩詞〉，王季遷，《故宮季刊》一卷二期。

16. 〈耶律楚材詩歌中的政治理想與生活理想〉，邢莉。

17. 〈論耶律楚材的器識與文藝〉，張嘯虎，《中南民族學院學報》1993 年四期。

18. 〈論耶律楚材的宗儒重禪〉，王月廷，《內蒙古大學學報》1990 年四期。

19. 〈薩都剌及其詩詞創作〉，范寧，《文史知識》。

20. 〈元代山西回回詩人薩都剌〉，穆德全，《河南大學學報》1984 年。

21. 〈元玄儒句曲外史貞居先生張雨年表〉，張光賓，《美術學報》十四期。

22. 〈元好問山水詩的成就及其特色〉，李知文，《貴州社會科學》1991 年 2 月。

23. 〈元遺山詩析論〉，陳志光，師大 1987 年碩論。

24. 〈文天祥的生平及其詩詞研究〉，張公鑑，文大 1986 年碩論。

25. 〈也論郝經〉，李涵，《文史論叢》第三輯。

26. 〈元初詩人劉因的文化心態〉，黃琳，《河北師院學報》1991 年三期。

27. 〈元方回詩及其詩論〉，孫克寬，《東海學報》一卷一期。

28. 〈元遺山郝經詩中的宗國感〉，《中華詩學》十卷五、六期、十一卷一期。

29. 〈唐詩與宋詞〉，曾克耑。

30. 〈中國山水詩的起源〉，J.D.Frodsham，香港中大（英美學人論中國《古典文學》專集）

31. 〈明代前後七子的復古〉，王貴苓，《文學雜誌》三卷五、六期。

32. 〈試論江西詩社宗派之形成〉，龔鵬程，《古典文學》第二集。

33. 〈知性的反省——宋詞的基本風貌〉，龔鵬程，《宋詩論文選輯》。

34. 〈宋詩特徵試論〉，徐復觀，《中華文化復興月刊》十一卷十期。

35. 〈元散曲中的陶淵明影像〉，王熙元，《師大國文學報》十九期。

36. 〈詩史淺論〉，馮至，《杜甫研究論文集》第三輯。

37. 〈詩史觀念的發展〉，龔鵬程，《古典文學》第七集。

38. 〈詩史與史詩〉，龔鵬程，《中外文學》十二卷二期。

39. 〈傳統詩學『詩言志』的精神〉，蔡英俊，《鵝湖》一卷十期。

40. 〈詩歌創作過程的兩種模式——詩緣情與詩言志〉，鄭毓瑜，《中外文學》十一卷九期。

41. 〈詩言志——一個曲解的儒學範疇〉，吳琦幸，《孔孟月刊》二十九卷一期。

42. 〈漢魏文朝文學理論中的情與志問題〉，（日）林田慎之助，《古代文學理論研究》十三輯。

43. 〈中國古典詩的美學性格〉，柯慶明，《中國美學論集》。

44. 〈論胡應麟對詩史的詮釋〉，陳國球，《中外文學》十三卷八期。

45. 〈元初南宋遺民初述〉，孫克寬，《東海學報》十五卷。

46. 〈金元之際中原知識階層及其對蒙古汗廷之影響〉，郭慶文，政大1988年碩論。

47. 〈元代士人與政治〉，王明蓀，文大十一年博論。

48. 〈元雜劇中的文人形象〉，吳秀卿，《小說戲曲研究》第二集。

49. 〈元雜劇所反映之元代社會〉，顏天佑，政大1980年博論。

50. 〈眞金與元初政治〉，黃時鑒，《元史論叢》第三輯。

51. 〈金元之際的全眞道〉，郭旃，《元史論叢》第三輯。

52. 〈忽必烈與蒙哥的一場鬥爭〉，陳得芝，《元史論叢》第一輯。

53. 〈元代佛教與元代社會〉，陳高華，《中國古代史論叢》1981年一輯。

54. 〈元世祖時代的儒學教育〉，丁崑健，《華學月刊》一三六、一三七期。

55. 〈元代的科舉制度〉，丁崑健，《華學月刊》一二四、一二五期。

56. 〈明人歪曲了元元代歷史〉，李則芬，《東方雜誌》八卷五期。

57. 〈元典章中之判例法探索〉，岩村忍，《中國邊政》五二期。

58. 〈略論元朝的法律〉，楊國宜，《安徽師大學報》1992 年三期。

59. 〈元初江南的叛亂〉，黃清連，《中研院史語所集刊》四九本一分。

60. 〈元代之教育與科舉〉，孫愛棠，《銘傳學報》二十期。

61. 〈元代教育的幾個特點〉，楊國勇，《山西大學學報》1995 年一期。

62. 〈元朝科舉制度的行廢及其社會背景〉，姚大力，《元史及北方民族史研究集刊》。

63. 〈元代的白蓮教〉，楊訥，《元史論叢》第二輯。

64. 〈宋元時期的分裂、統一與正統〉，王明蓀，《歷史月刊》五期。

65. 〈儒學價值系統中的兩難式〉，黃俊傑，《中外文學》八卷九期，

66. 〈元代朱熹正統思想之興起〉，狄百瑞，《中外文學》八卷三期。

67. 〈元代的儒學教師〉，王鳳雷，《內蒙古師大學報》1991 年一期。

68. 《畫論叢刊上下卷》，于安瀾，人民美術出版社 1989 年版。

69. 《中國繪畫理論》，傅抱石，華正書局 1984 年版。

70. 《中國美術史（第五卷）》，王伯敏，山東教育出版社 1988 年版。

71. 《中國畫學全史》，鄭昶，上海書畫出版社 1985 年版。

72. 《中國繪畫史下冊》，俞劍華，商務 1960 年版。

73. 《中國美術史論集》，虞君質等，中華文化出版事業 1955 年版。

74. 《中國畫研究》，陳兆復，丹青 1988 年版。

75. 《中國畫論類編》，俞崑，華正書局。

76. 《中國古代繪畫理論發展史》，葛路，丹青 1987 年版。

77. 《中國畫史研究》論集，李霖燦，商務印書館。

78. 《元代墨竹之研究》，許湘苓，台大歷史所 1979 年碩論。

79. 《明人解釋文人畫的趨勢》》，徐澄琪，台大歷史所碩論。

80. 《元代繪畫理論之研究》，石守謙，台大 1977 年碩論。

81. 《中國畫史研究》，莊申，正中書局 1970 年二版。

82. 《中國畫史研究續集》，莊申，正中書局 1972 年版。

83. 《中國書畫特色之研究》，楊敦禮，橄欖文化事業基金會 1984 年版。

84. 《中國藝術文化史──題跋學》，許海欽，豪峰 1985 年二版。

85. 《元四大家》，張光賓，國立故宮博故院 1984 年版。

86. 《元代畫家吳鎮》，陳擎光，國立故宮博故院 1983 年版。

87. 《黃公望繪畫觀研究》，吳長鵬，藝術家出版社 1980 年版。

88. 《倪瓚繪畫觀研究》，吳長鵬，藝術家出版社 1980 年版。

89. 《高克恭研究》，吳保合，國立故宮博故院 1987 年版。

90. 《元朝書畫史研究論集》，張光賓，國立故宮博故院 1979 年版。

91. 《元代花鳥畫新風貌之研究》，黃光男，復文書局 1985 年版。

92. 《藝術的興味》，吳道文，東大圖書 1988 年版。

93. 《中國畫的根本精神與學術文化背景》，程曦，香港商務印書館。

94. 《山水與美學》，伍蠡甫等，丹青 1987 年版。

95. 《書畫與文人風尚》，張懋鎔，文津出版社 1989 年版。

96. 《中國古典繪畫美學》，郭因，丹青 1987 年版。

97. 《中國藝術精神》，徐復觀，學生書局 1976 年五版。

98. 《苦澀的美感》，何懷碩，大地出版社 1977 年四版。

99. 《美的歷程》，李澤厚，元山書局 1984 年版。

100.《美學散步》，宗白華，世華文化社。